Lincoln Peirce

Max et les presque chevaliers

Traduit de l'anglais (États-Unis)
par Julien Sougeau

Seuil

Édition originale publiée en 2019
sous le titre *Max and the Midknights* par Crown Books for Young Readers,
une marque de Penguin Random House LLC, New York.

ISBN : 979-10-235-1924-2

Mise en pages : Philippe Duhem

www.seuiljeunesse.com

Conforme à la loi n° 49-956 du 16 juillet 1949
sur les publications destinées à la jeunesse.

Pour Jessica, Elias et Dana

1

Je vais vous confier un secret : être troubadour, c'est assez nul.

Vous voyez ce qu'est un troubadour, n'est-ce pas ? C'est une sorte d'artiste ambulant. Mais bon, dans cette histoire, le troubadour, ce n'est pas moi, c'est mon oncle Potrick. C'est lui qui chante et qui jongle. Moi, je l'accompagne, c'est tout.

Disons que je suis son élève, enfin je crois. En tous cas je dois apprendre à jouer du luth (l'instrument qui ressemble à une cuisse de poulet géante entre ses mains), mémoriser des chansons et me préparer au cas où oncle Potrick aurait une extinction de voix. Mais il y a un léger problème :

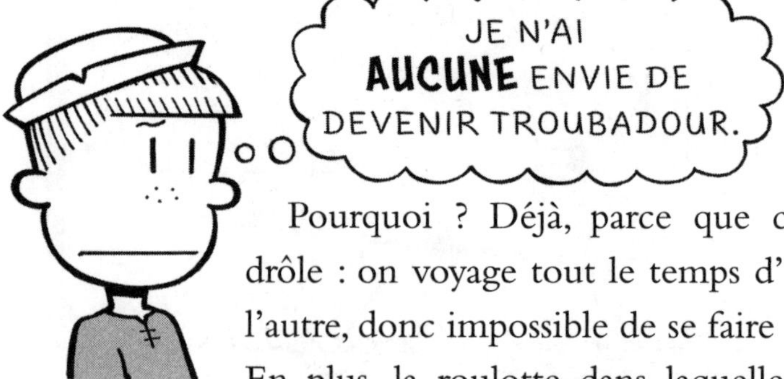

Pourquoi ? Déjà, parce que ce n'est pas drôle : on voyage tout le temps d'un village à l'autre, donc impossible de se faire des copains. En plus, la roulotte dans laquelle on voyage n'est pas exactement un hôtel 4 étoiles. Quoi d'autre ? Ah oui, j'oubliais…

Nous sommes au Moyen Âge.

Ouaip, je parle du XIVᵉ siècle. Ça veut dire que beaucoup de choses que vous connaissez aujourd'hui n'ont pas encore été inventées : les routes pavées, la brosse à dents et un petit truc de rien du tout appelé « les sanitaires ». On vit à la dure et je ne vois pas en quoi chanter et faire des tours de magie peut nous rendre la vie plus facile.

Voilà comment ça marche NORMALEMENT quand on est troubadour : on arrive dans une ville, la foule se rassemble, on fait le spectacle, le public applaudit et donne de l'argent quand on passe le chapeau. Ensuite, on utilise la recette pour s'acheter à manger et ainsi éviter de mourir de faim.

Ça paraît simple, n'est-ce pas ? Sauf qu'oncle Potrick n'est pas vraiment doué en affaires. L'argent de l'intéresse pas, et il y a toujours quelque chose pour le distraire, comme…

DÉGAGEZ IMMÉDIATEMENT DE MON CHAMP, BANDE DE PIQUE-ASSIETTES !
ON DEVRAIT COURIR NON ?
TOUT À FAIT.
ZOU !
C'N'ÉTAIT QU'UN CHOU QUE J'AI DÉTERRÉ POUR FAIRE PITANCE ET NOUS RÉCHAUFFER. CROYEZ-MOI, VRAIMENT, J'IGNORAIS ÊTRE PASSÉ SUR VOTRE PROPRIÉTÉ... AURIEZ-VOUS DONC L'OBLIGEANCE D'ARRÊTER D'ESSAYER DE NOUS TUER ?
SIRE POTRICK
Histoires et chansons

Et ça nous arrive souvent. Bon, on ne se fait pas tirer dessus tous les jours non plus, mais je dirais qu'on reçoit nettement plus de flèches que la moyenne. Apparemment, les gens n'aiment pas qu'on passe à travers leurs champs sans les prévenir. Ou peut-être qu'ils détestent tout simplement la voix d'oncle Potrick. En tous cas, à peine avons-nous semé Monsieur la Flèche que la nuit commence à tomber.

Ce qui me va très bien. Nous nous arrêtons près d'un bosquet et je détache la roulotte.

– Tu veux que je fasse du feu ? je demande.

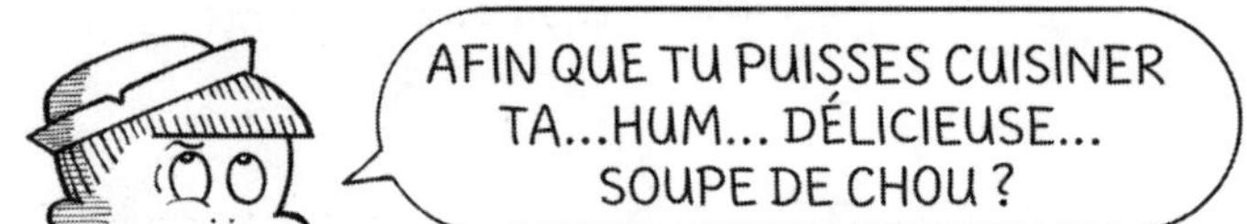

Oncle Potrick me regarde tout penaud :

– Euh…je l'ai fait tomber pendant notre fuite, j'ai bien peur que nous soyons bredouilles ce soir…

OK, j'apprécie son optimisme, sauf que…

Ça tombe bien (c'est le cas de le dire), car il se trouve que je me débrouille super bien pour grimper aux arbres. À moi de jouer ! Je me hisse au sommet à travers les branches pendant qu'oncle Potrick attend en bas.

– Oh OH ! lance oncle Potrick avec de l'excitation dans la voix.

Bon... ENFIN quelque chose d'intéressant.

– Comment ça, tu as DÛ la quitter ?

– Quelque chose de terrible serait arrivé sinon, dit-il en frémissant. Si j'étais resté à Sacrebourg, Max, je serais probablement devenu…

Oups, j'ai peut-être jugé un peu rapidement. Mais il me fait marcher, n'est-ce pas ? Les chevaliers sont censés être courageux, forts et tout le tralala. Tonton Potrick, lui, est plutôt…

Comme je le disais : Tonton Potrick est du genre poule mouillée.

– Bien, et si on mangeait ? dit-il.

– Pas si vite, je réplique.

JE VEUX EN SAVOIR PLUS !
DIS-MOI COMMENT TU ES PRESQUE DEVENU CHEVALIER.
C'EST UNE LONGUE HISTOIRE.
PEUT-ÊTRE QUE LE MIEUX, C'EST DE TE L'EXPLIQUER...
... AVEC UNE CHANSON !
SUPER.
ZWIP!
OYEZ, OYEZ, TENDEZ L'OREILLE ET JE VOUS....
PLOING!
CROTTE.
CORDE CASSÉE.

– À Sacrebourg, commence-t-il, quand un jeune garçon atteint ses 10 ans, il doit choisir sa voie. La plupart suivent les traces de leur père : si ton papa est boulanger, tu deviens boulanger, s'il est charpentier, tu deviens charpentier.

– Eh bien mon père, lui, il était chevalier. Mais tout en bas de l'échelle. À peine un écuyer, à vrai dire. Cependant, il n'avait qu'une hâte : m'inscrire à l'école des chevaliers.

Je manque de tomber de ma chaise.

– Il y avait une ÉCOLE pour les CHEVALIERS ?

Oncle Potrick acquiesce.

– Bien sûr. C'est là qu'on acquérait les compétences pour devenir chevalier.

– Tu plaisantes ? POURQUOI DONC ? je m'écrie.

Oncle Potrick secoue la tête.

– Je n'avais aucune envie d'aventure. Ni de finir dans l'estomac d'un dragon.

– Après l'avoir vu, je me suis dit : voilà un travail qui me permettra de manger à ma faim !

– Parce que les gens le payaient ?

L'essentiel, c'est qu'il a fait de moi son apprenti. J'ai alors quitté Sacrebourg et n'y suis plus jamais retourné. Ma carrière de troubadour venait de commencer…

Oui. Je suis bien en train d'applaudir. Mais je dois avouer que, à côté des numéros habituels d'oncle Potrick, cette histoire est un chef-d'œuvre.

– Tu ne regrettes pas de ne pas être devenu chevalier ?

– Jamais, assure-t-il. Même à 10 ans je savais que ce n'était pas pour moi.

– Mais certainement, cher ami, répond oncle Potrick. Nous avons là des pommes, prenez-en autant que vous le voulez.

Mais alors qu'il tend la main pour le saluer, l'étranger sort de sous son manteau un objet brillant et pointu.

– Vous pouvez garder vos pommes pourries, grogne-t-il.

2

Je n'en crois pas mes yeux :

– Vous nous VOLEZ ? je m'écrie.

– L'enfant a raison, cher monsieur, glisse Potrick. Nous ne possédons rien d'intéressant. Nous ne sommes que d'humbles troubadours.

Euh… Parle pour toi, Tonton. Toi, tu es peut-être un troubadour, mais moi je suis…

– Qu… Que voulez-vous dire ? bredouille Potrick.

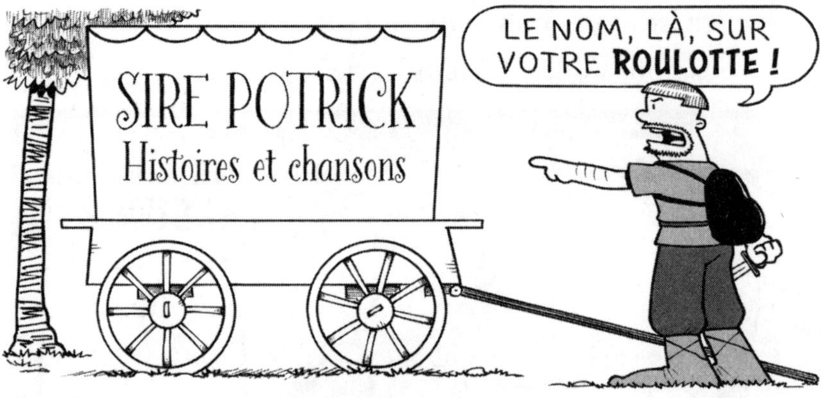

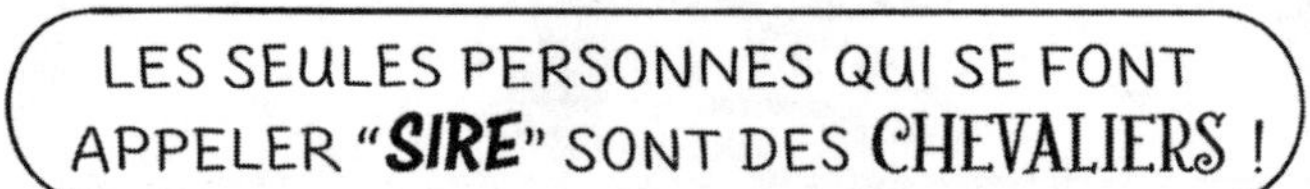

Gloups. Je n'aime pas du tout ça…

– Et les chevaliers sont des GENTILS, continue-t-il. Leur boulot, c'est de poursuivre et de capturer les MÉCHANTS.

– Tu n'as pas la tête de l'emploi, je te l'accorde, admet l'étranger. Mais je ne veux prendre aucun risque.

Oh-oh… Il a vraiment dit « tuer » ? Je pensais que cette crapule voulait simplement nous DÉTROUSSER. Pourquoi gâcher un petit vol tranquille en y ajoutant un MEURTRE ?

Pas de temps à perdre… Je jette un coup d'œil autour de moi pour voir avec quoi je pourrais nous défendre mais, à part quelques cailloux et le luth de mon oncle, il n'y a rien. C'est alors que l'idée me vient.

LUTH !
PIERRE !
CHTOÏNG !
PAF !
BOÏNG !
SACREBLEU !

Attendez, pourquoi je joue les modestes ? Il a raison : C'EST stupéfiant.

Waouh ! Gripoil n'avait JAMAIS galopé aussi vite. Et nous restons plantés là jusqu'à ce que le bruit de ses sabots s'atténue dans le noir.

– BON, et maintenant, qu'est-ce qu'on fait ? je demande.

Je l'interromps en regardant l'étranger au sol :

– J'ai une meilleure idée : partons avant que notre prince charmant se réveille.

– Pour sûr ! dit oncle Potrick en attrapant la roulotte. C'est parti, Max. Un… Deux… Trois…

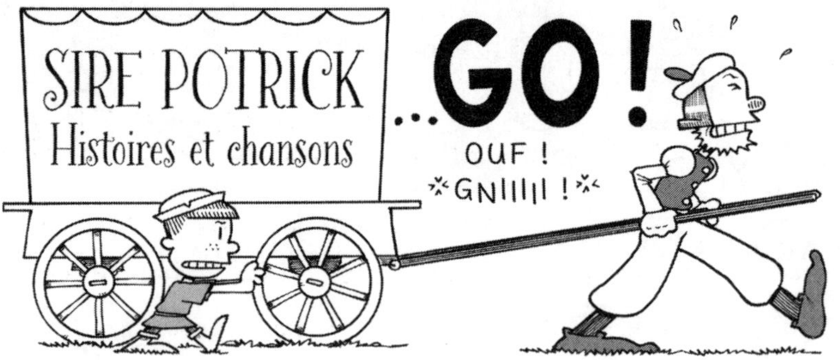

Mais c'est comme si l'engin était cloué au sol ! Impossible de le faire bouger. Pas le choix : il faut continuer à pied.

– Pourquoi veux-tu cette dague ? demande oncle Potrick.

– D'abord, pour que lui ne l'ait plus. Et maintenant qu'elle est à moi, ce n'est plus une simple dague…

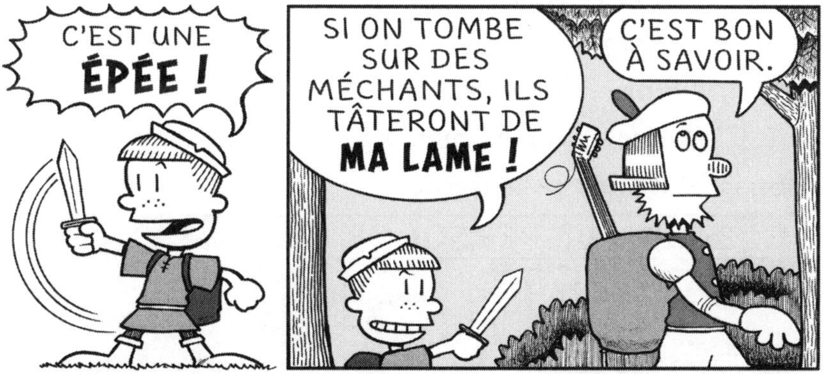

La route est bien visible grâce à la lune, mais nous avançons quand même péniblement. Nos sacs sont lourds et nous sommes épuisés. Ce qui me rappelle que…

– Je suis certain que quelqu'un nous offrira le gîte, assure oncle Potrick. Les gens là-bas sont connus pour leur gentillesse et leur hospitalité.

– Il est sympa ?

Oncle Potrick hoche la tête.

– C'est quelqu'un de bien. Quand j'étais petit, tout le monde l'aimait, dans le royaume…

– Qu'est-ce qui dérangeait Vilfrid ?

– Il était jaloux, répond oncle Potrick. En tant qu'aîné, Constant avait hérité du trône, et Vilfrid savait qu'il resterait à jamais un simple prince…

– Oui, dit Potrick, mais personne ne le savait, jusqu'à ce fameux jour, sur la place du marché.

– C'est qui, Sire Godefroy ?

– Un chevalier. Et un proche ami du roi.

– Donc ce n'était pas un VRAI combat d'épée ?

– Pas du tout, dit oncle Potrick.

REGARDEZ LÀ OÙ A TOUCHÉ L'ÉPÉE DE SIRE GODEFROY...
... ÇA BRÛLE !
PSCHHT
Y A-T-IL QUELQUE CHOSE QUI CLOCHE AVEC VOTRE ÉPÉE, MON AMI ?
TCHAC !
DIANTRE ! LA POINTE A ÉTÉ EMPOISONNÉE !
DU POISON ?
QUOI ?
POURQUOI SIRE GODEFROY VOUDRAIT-IL EMPOISONNER NOTRE ROI ?
GODEFROY NE FERAIT JAMAIS ÇA !
ALORS QUI OSERAIT ?
CLONK !

– Tout le monde savait que Vilfrid était un vaurien, précise oncle Potrick.

– Non, souviens-toi : on l'appelait Constant le BON.

– À propos de Sacrebourg… j'ajoute.

– Faisons un petit tour, Max, suggère oncle Potrick.

TU M'AVAIS DIT QUE LES SACREBOURGEOIS ÉTAIENT **SYMPAS !**
ILS LE **SONT !**
... ENFIN ILS **L'ÉTAIENT !**
JADIS, LE ROI CONSTANT PRÔNAIT LA GENTILLESSE ET LA CAMARADERIE.
QU'EST-CE QUI A CHANGÉ ?
EH BIEN... PEUT-ÊTRE QUE CONSTANT N'EST PLUS ROI ?
HUM... BIEN VU, MAX. C'EST TOUT À FAIT PROBABLE.

– C’est n’est pas seulement probable, oncle Potrick.

3

Oncle Potrick fixe la statue, estomaqué.

– Constant est MORT ? sanglote-t-il. Mais il était si jeune ! Il avait seulement… euh…

En voilà un qui est fort en maths. Mais qui est donc cette tête d'œuf ?

– Et, soit dit en passant, 57 ans, ce n'est pas jeune DU TOUT. Souvenez-vous, cher monsieur, que nous sommes au XIVe siècle ! ajoute le garçon.

Je n'ai aucune idée de ce que sont des « salutations distinguées », mais j'imagine qu'il serait impoli de ne pas répondre.

– Moi, c'est Max, et lui, c'est mon oncle Potrick.

Gontran nous serre – enfin, nous secoue – la main de toutes ses forces.

– Ravi ! Charmé ! Enchanté ! s'exclame-t-il, rayonnant.

– Détroussés ! s'écrie Gontran, les yeux écarquillés. Mais c'est terrible ! Vous n'avez donc ni argent ni gîte ?

Tout à coup, Gontran devient sérieux comme un pape et nous murmure de le suivre. Sans dire un mot de plus, il se faufile dans une ruelle, et nous nous enfonçons dans le labyrinthe des rues bondées. Et je me fais peut-être des idées, mais…

Nous entrons dans une modeste maison en bois et, dès que nous sommes à l'intérieur, Gontran pousse un soupir de soulagement.

– Bien joué. Nous sommes en sécurité, ici.

J'avoue que je ne sais pas trop ce qui nous menaçait, mais ça fait du bien de poser enfin nos sacs et de se reposer.

– Périlleux, c'est pas bon ça signe ça, non ? demande oncle Potrick.

Gontran acquiesce :

– Si l'un des gardes royaux vous avait entendu dire que vous étiez sans toit et sans le sou…

Attendez… Quoi ? D'abord une crapule nous dévalise, et maintenant on pourrait finir en PRISON ? Ça n'a aucun sens. C'est… C'est…

– Scandaleux ! s'emporte oncle Potrick. Ce n'est pas le Sacrebourg que j'ai connu !

– Mes parents seraient certainement d'accord avec vous, acquiesce Gontran.

Oncle Potrick sursaute.

– Mais Vilfrid a été banni du royaume ! Comment ce gredin est-il devenu roi ?

– Laissez-moi vous montrer, répond Gontran.

Il file alors dans la pièce d'à côté et revient avec un gros parchemin sous le bras.

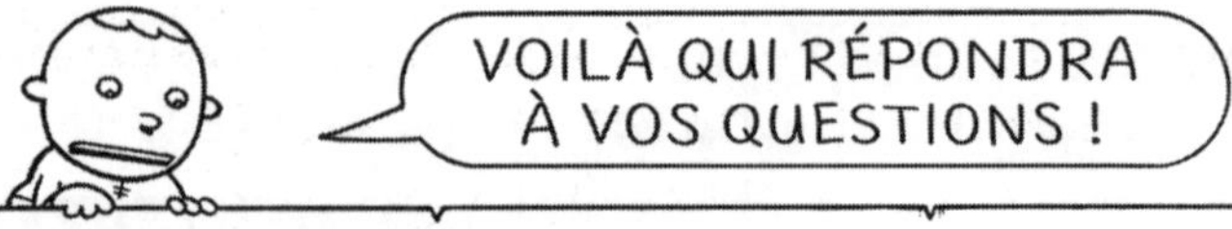

L'Histoire de Sacrebourg

Par Gontran

Jadis, sous le bon roi Constant,
Le royaume de Sacrebourg était
Prospère, paisible,
Et tous vivaient heureux.

Mais un jour, le roi Constant eut vent
D'un effrayant danger :
Derrière les murailles de la ville,
Une bête rôdait.

Pour certains, c'était un « loup
monstrueux aux crocs tranchants »,
Pour d'autres, un « dragon haineux
brûlant les champs » !

Paniqués, les citoyens imploraient :
« S'il vous plaît, Sire, protégez notre cité ! »
Alors le roi Constant fit route vers le Nord
Pour abattre la créature malintentionnée.

Un jour passa. Puis deux. Puis trois.
Constant ne revenait toujours pas.
Les jours devinrent des semaines, des mois...
Une année.

Les chevaliers royaux décidèrent finalement
De partir le retrouver.
Et après avoir cherché par monts et par vaux,
Ils firent une terrible découverte :

Son bouclier gisait là, plié et abîmé,
Abandonné sur le sol.
Les restes de son armure aussi,
À côté de sa couronne brisée.

Les chevaliers rapportèrent ces reliques,
Preuves de la triste fin de Constant.
Et, au cœur de cette histoire tragique,
Un nouveau roi apparut sur-le-champ.

Car le méchant Vilfrid était revenu,
Pour s'emparer de la couronne,
Et, par la force et la ruse,
Il monta sur le trône.

Ainsi le royaume,
Jadis régi par une âme pure et juste,
Sombra dans la violence et la
Malveillance.

Mais ne désespérez pas !
Ne succombez pas à la peur !
Car après la nuit vient le jour !

Le règne de Vilfrid ne durera pas.
Un jour cesseront ses méfaits.
Et Sacrebourg connaîtra à nouveau
Le bonheur et la paix.

– Qu'est-ce que c'est que ce bruit ? demande oncle Potrick.

Sous la fenêtre, une colonne de soldats aux visages sinistres défile dans la rue.

– Ils ont l'air sympa dis donc, je commente.

– Ce sont les infâmes gardes royaux, ils accompagnent le roi Vilfrid partout, chuchote Gontran.

– Eh bien, si tu dis vrai… je commence.

Gontran me corrige alors gentiment :

– Je crois qu'on appelle plutôt ça un carrosse, mais tu as raison, Max. Le roi est dedans.

Mais pas pour longtemps. Car soudain, la roulotte – euh, le carrosse – s'arrête, et la porte s'ouvre.

– Mais pourquoi les gens l'acclament-ils ? demande oncle Potrick. Ils ne savent donc pas que c'est une canaille ?

– Ils sont OBLIGÉS de l'acclamer, sinon on les jette en prison, explique Gontran. Mais il y a pire, je vous préviens.

– Oui, je l'ai remarqué quand nous marchions dans la rue, commente oncle Potrick.

À travers la fenêtre, nous voyons le roi se faufiler dans une ruelle. Il semble avoir remarqué quelque chose.

Quand la foule s'écarte, je vois à qui il s'adresse. Ce sont deux enfants en haillons et pieds nus. Je sens mon ventre se nouer : ces deux-là sont dans de sales draps.

La petite fille répond d'une voix tremblante :

– N… nous les avons oubliées à la maison, Votre Majesté.

– Oubliées ? Tiens donc ! répond Vilfrid d'un ton froid et moqueur. Et où se trouve votre maison, je vous prie ?

– C'est… près de… euh… bredouille la fillette.

– Nous n'avons pas de maison, l'interrompt le garçon d'un air de défi.

Vilfrid sourit méchamment.

– Ah ! En d'autres termes…

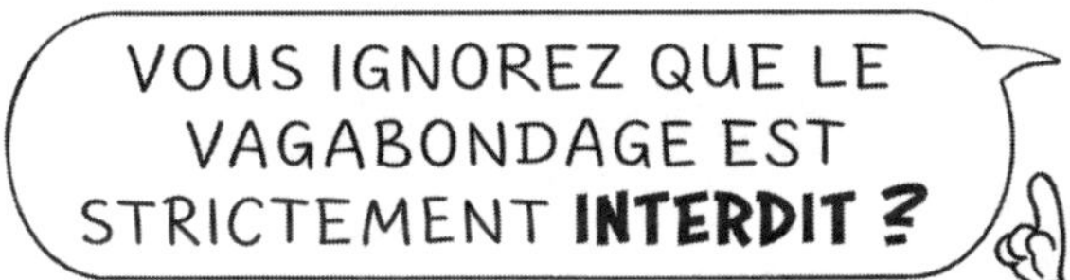

Je comprends ce qui va se passer : les sbires de Vilfrid vont attraper les enfants et les traîner jusqu'au donjon royal. Pensez-vous que quelqu'un lèverait le petit doigt ? Ben non. Les gens restent plantés là comme un troupeau de moutons.

En arrivant à quelques mètres du roi, je commence à regretter d'avoir voulu me mêler à cette histoire : une demi-douzaine de gardes me font face en brandissant leur épée, prêts à me découper en morceaux.

Mais ils n'en font rien. Vilfrid les disperse d'un claquement de doigts et s'approche de moi comme un renard affamé qui aurait flairé une poule.

– Tiens, tiens, c'est mon jour de chance ! Un autre petit pouilleux ! commente-t-il en ricanant.

Vilfrid s'approche de moi, et son haleine fétide me pique les narines.

– Tu comprends ce que je te dis ? Ôte ton chapeau, mon garçon, ou bien c'est ta TÊTE que j'enlève.

– Ne m'appelez pas « mon garçon », je rétorque.

– Ah oui ? Et pourquoi pas ? grommelle-t-il.

– Parce que…

4

Le silence est assourdissant. Gontran, Vilfrid et tous les autres semblent sous le choc. Mais qu'est-ce qu'ils ont tous ?

C'est le roi qui reprend la parole le premier :

– Garçon ou fille, ça ne change rien, lance-t-il avec une moue dédaigneuse. Tu restes une vagabonde.

– Euh... Votre Majesté, bredouille un soldat. Les deux autres se sont enfuis.

Le visage de Vilfrid devient rouge de colère.

– Et bien courez-leur après, bande d'abrutis ! beugle-t-il.

Cette fois, c'est à mon tour d'être choquée. Souvenez-vous : ce n'est pas vraiment le courage qui étouffe oncle Potrick... Et pourtant, le voilà qui s'oppose au roi devant la moitié de la ville.

OK, j'ai parlé trop vite. Le voilà maintenant qui s'agenouille, ce qui est un peu moins impressionnant. Mais voyons ce qu'il a derrière la tête :

– La... la petite n'est pas une vagabonde, Votre Altesse, implore-t-il. Elle est avec moi.

Vilfrid grimace de dégoût.

– Et vous, vous êtes qui ?

– Je ne suis qu'un humble amuseur, Votre Éminencité.

– Il se trouve que j'en cherche justement un !

– Je crois que tu ne m'as pas bien compris, manant, l'interrompt Vilfrid.

Vilfrid affiche un rictus satisfait.

– Amenez-le au château, ordonne-t-il aux gardes, nous verrons bien s'il est amusant.

Et, sur ce, le roi remonte dans son carrosse tape-à-l'œil et s'en va. La bonne nouvelle, c'est qu'il m'a complètement oubliée. La mauvaise, c'est que…

– Tu ne peux pas y arriver seule, m'avertit Gontran. Vilfrid dispose d'une armée entière !

- Qu'au début, tu pensais que j'étais un garçon ? je demande.

– Eh bien… oui, admet-il.

– C'est bon, Gontran, j'ai l'habitude. Plein de gens sont surpris de découvrir que je suis une fille.

– Honnêtement, j'ai surtout été étonné par ta façon de parler au roi. PERSONNE ne lui tient tête comme ça, précise Gontran.

– Tu ne peux pas insulter le roi en public ! chuchote-t-il. Les espions de Vilfrid sont partout !

– Donc quoi ? Je devrais rester là sans RIEN faire ? je proteste en baissant la voix.

– Pas forcément ! En tant que bouffon royal, sa tâche est de divertir le roi, n'est-ce pas ? demande Gontran.

D'accord, mais si, justement, il n'était PAS doué pour ça ? J'adore mon oncle, mais je ne sais pas si je mettrais sa statue au musée des troubadours. (D'ailleurs, il existe vraiment un musée des troubadours : pire boutique de souvenirs que j'aie jamais vue.) Tout ça pour dire que tonton Potrick ne sera pas le bouffon de Vilfrid très longtemps. Dès qu'il aura joué une chanson et raconté quelques blagues nulles…

– Tu as bien raison, mais c'est trop dangereux de parler de ça en public, chuchote-t-il.

– Pourquoi aux écuries ?

– Mon père y travaille, répond Gontran. Il est palefrenier.

Gontran n'a pas l'air ravi, mais je n'ai pas le temps de poser de questions parce que nous arrivons déjà. Nous quittons les rues bondées et entrons dans l'écurie par une large porte.

– Pas vraiment, répond Gontran. Je voudrais te présenter quelqu'un. Père, voici mon amie Max.

Le père de Gontran a un visage sympathique, une grosse barbe broussailleuse et – je viens juste de m'en rendre compte – un bâton de bois à la place d'une de ses jambes. Il me fait un grand sourire et me serre la main.

– Enchanté de te rencontrer, Max. Je m'appelle Norbert.

– Je suis ici avec mon oncle. Enfin, je l'ÉTAIS…

Nous lui expliquons rapidement ce qui est arrivé à Potrick, et le visage de Norbert s'assombrit.

– Il va donc devenir le fou du roi, marmonne-t-il. Je ne souhaiterais même pas ça à mon pire ennemi.

MAIS ALORS, QUE PEUT-ON FAIRE POUR TOI ?
À L'AIDE !
NOUS SOMMES POURSUIVIS PAR LES SOLDATS DU ROI !
ILS SERONT ICI D'UN INSTANT À L'AUTRE !
DANS CE CAS, PAS DE TEMPS À PERDRE !
TOUT LE MONDE À L'ÉTAGE, LES ENFANTS !

– Je puis vous assurer qu'il n'y a personne de cette espèce par ici. Mais je vous invite à vérifier par vous-même... assure Norbert d'une voix calme.

– Un de mes chevaux a la fièvre du sabot, précise Norbert. Si vous entrez dans les écuries, vous risquez de l'attraper.

J'attends que les soldats s'éloignent et je sors de ma cachette.

ÇA LES A FAIT FUIR !
MAIS PÈRE, ET SI NOUS AUSSI, NOUS ATTRAPIONS LA FIÈVRE DU SABOT ?
NOUS NE RISQUONS RIEN, MON FILS.
CAR LA FIÈVRE DU SABOT, ÇA N'EXISTE PAS !
CLINC !
MORDIABLE ! TU LES AS BIEN DUPÉS !
ET **VOUS** NOUS AVEZ SAUVÉS !
HÉ !
VOUS ÊTES LES ENFANTS QUE J'AI VUS TOUT À L'HEURE DANS LA RUE !
ET **TOI**, TU ES LE GARÇON QUI A DÉFIÉ LE **ROI !**

– Pouvons-nous rester un peu ici pour nous reposer ? demande Méli.

Méli devient toute pâle.

– Mais c'est dangereux, non ?

Norbert glousse.

– Je vois que tu es une battante, Max. Mais le château est une véritable forteresse. Tout autour, il y a des douves et l'entrée est très bien gardée.

– Alors nous n'avons aucune chance… lâche Gontran en soupirant.

Il revient avec une pièce en cuivre toute simple.

– Euh… Bon, d'accord, c'est une pièce, je dis.

– Pas N'IMPORTE QUELLE pièce ! s'écrie Norbert.

– Merlu ! s'exclame Méli. Le sorcier du roi Constant ! Il est célèbre !

– Euh… Il est surtout célèbre parce qu'il ne vaut pas tripette comme magicien, non ? demande Gontran.

– Il y a des années, il est venu à l'écurie, raconte Norbert…

– Et, sur ce, il est parti ! conclut Norbert. J'ai rangé la pièce, et je l'avais complètement oubliée jusqu'à…

Il ne se passe rien. Norbert fronce les sourcils :

– Je ne comprends pas. J'ai pourtant suivi les instructions de Merlu…

– Attendez une seconde, vous n'avez pas TOUT fait, je m'écrie. Souvenez-vous : « SERRE BIEN FORT CETTE PIÈCE... »

Norbert ne plaisante pas. Alors qu'elle s'arrête de rouler sur le sol de l'étable, la pièce luit comme de la braise et fait jaillir de petites étincelles de lumière. Je ne sais pas ce qu'il est en train de se passer…

… mais j'ai bien l'impression qu'on va assister à quelque chose de spectaculaire !

5

J'entends alors un bourdonnement sourd, comme s'il y avait un essaim d'abeilles dans les parages. Le bruit devient de plus en plus fort, et le sol vibre sous mes pieds. C'est alors que…

Norbert ramasse la pièce.

–Vous voulez dire… qu'il y en a d'autres ? demande-t-il, légèrement déçu.

–Je suis là et je suis surtout trempé, grommelle le magicien.

– Quand vous dîtes « un peu rouillé », intervient Gontran, que voulez-vous dire, au juste ?

– Tutoyons-nous mon garçon. Je veux dire que ma carrière est terminée, explique Merlu. Après la disparition du roi Constant, j'ai quitté le monde de la magie pour m'installer chez Papy & Magie, une maison de retraite pour sorciers.

– Ce n'est pas possible ! Tu dois nous aider ! je proteste.

Merlu sursaute en découvrant la lame étincelante dans ma main.

Il la saisit et la scrute attentivement, tout en passant le doigt sur les encoches taillées dans le manche.

– Où as-tu trouvé ça, mon garçon ?

– Je ne suis pas un garçon, je précise pour la quinzième fois de la journée.

Euh... Pourquoi ce ne serait pas possible ? Je ne comprends pas trop ce qui se passe, mais Merlu a déjà oublié la dague. Il me dévisage comme si j'étais une bête de foire.

– Dis-moi, jeune fille, lance-t-il après un long moment.

Le vieux sorcier semble perdu dans ses pensées. Puis il secoue enfin la tête comme s'il se réveillait d'un sommeil profond.

– J'ai pris ma décision, annonce-t-il.

– Tu peux me remercier en me trouvant quelque chose à grignoter, Max, répond-il. Je n'ai pas mangé grand-chose ce matin à la maison de retraite.

– Il faudra éviter les gardes de Vilfrid qui pourraient rôder dans le coin, nous rappelle Gontran.

– Au début, tu ne voulais pas du tout nous aider, et maintenant si. Qu'est-ce qui a changé entre-temps ?

– J'ai mes raisons, Max. Et je promets de te les révéler quand le moment sera venu, répond-il en se caressant la barbe.

Nous sortons dans la rue. Norbert et Merlu marchent devant, et nous les suivons à quelques pas de distance.

– Tu en as de la chance, dit Simon à Gontran.

– Tu ne veux pas devenir palefrenier, c'est ça ? je demande.

– Ce que je veux n'a aucune importance

– Mais si tu POUVAIS faire exactement ce que tu veux, intervient Méli…

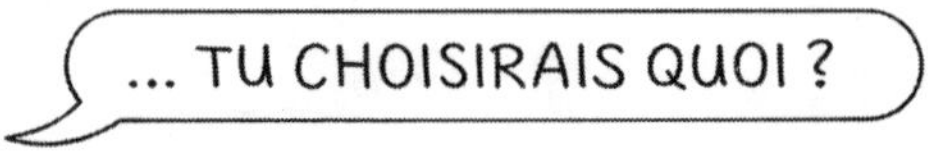

Le visage de Gontran s'éclaire.

– Eh bien, répond-il en chuchotant presque…

– Comme celle que tu m'as montrée chez toi ? je demande.

– Oui, mais ça, c'était un parchemin, les livres sont écrits sur des feuilles de papier.

– Waouh ! s'émerveille Simon. Les livres, ça a l'air… GÉNIAL.

– Oh que oui, lâche Gontran en soupirant. Mais inutile d'en parler plus longtemps.

Pauvre Gontran ! Pas étonnant que nous nous entendions si bien : lui veut écrire des livres, et moi je veux devenir chevalier, mais nous sommes tous deux obligés de faire autre chose. Nous atteignons la maison, et Norbert nous fait entrer. En passant le seuil, je ne peux m'empêcher de penser à mon oncle. Nous étions ensemble dans cette même pièce il y a à peine quelques heures.

Une femme avec un grand sourire accueillant étreint Norbert.

– Nous avons des invités, ma chère ! lance Norbert. Les enfants, je vous présente ma femme, Alice !

– Que veux-tu être d'autre ? demande-t-elle.

– La plupart des gens pensent que je suis un garçon, j'explique. J'ai essayé de m'habiller de manière un peu plus féminine une fois ou deux mais, en jupe, pas facile de courir ou de monter à cheval.

– Je suis bien d'accord, Max, répond-elle en riant. Moi, je pense que tes vêtements te vont très bien.

Je l'aime déjà, cette dame !

Nous nous installons tous les quatre autour de la cheminée, là où Merlu est en train… euh… de ronfler comme un troll enrhumé.

– Quoi ? Le château ! Ah oui ! bredouille Merlu en se réveillant de son mini-coma. J'étais justement en train de… de… méditer sur le sujet !

– Et ? demandons-nous à l'unisson.

– Notre stratégie dépendra de la façon dont Vilfrid fait garder l'entrée, déclare Merlu.

– Ou toute sorte de bêtes exotiques !

Nous nous précipitons à table et, après avoir avalé le meilleur repas de ma vie, je suis prête à affronter n'importe quoi. Même un chihuahua.

Alice et moi nous asseyons devant la cheminée.

– Merci de nous avoir parlé de toi pendant le souper, Max, dit-elle. Ce n'est pas commun de grandir comme apprentie troubadour !

– Je ne veux pas quitter oncle Potrick, mais dès que nous l'aurons libéré de cette andouille de Vilfrid…

Le sourire d'Alice devient triste.

– C'est une merveilleuse idée. Mais Max, je dois te dire quelque chose.

– Attendez une seconde ! Les filles apprennent bien des métiers comme les garçons, non ?

– Oui mais… Pas les mêmes, répond-elle. Les filles deviennent en général couturières, sages-femmes, paysannes ou…

– Je ne veux RIEN faire de tout ça !

– Euh… Oui. Mais attention, je ne fais pas ça seulement pour le FRISSON. Je veux le PROTÉGER !

– Je sais bien, Max, répond doucement Alice.

– Nous t'accompagnons ! renchérit Simon.

Quoi ? Je ne m'attendais pas à ça. J'imaginais bien que Gontran serait dans le coup, mais je n'aurais jamais cru que Simon et Méli proposeraient aussi de m'aider.

Ils n'ont même pas encore RENCONTRÉ oncle Potrick !

– Sans toi, Max, Simon et moi serions déjà enfermés dans le donjon à l'heure qu'il est, dit Méli.

– En plus, tout le monde sait que les chevaliers sont plus efficaces quand ils travaillent en groupe ! renchérit Gontran.

– Nous ne faisons pas semblant, je l'interromps. Nous allons entrer dans le château pour de VRAI.

– Je sais ! crie Gontran. J'ai le nom parfait !

6

– Les Presque Chevaliers ? répète Simon les yeux brillants. J'adore !

– Bonne chance… Et soyez prudents, chuchote Alice.

Elle semble inquiète, et je ne peux pas le lui reprocher. Mais tout ira bien. Enfin, j'espère…

En file indienne, nous longeons les rues dans la nuit noire, et l'air est rempli d'une odeur de… de…

La silhouette imposante du château s'élève au-dessus de nous. Norbert scrute l'obscurité et s'efforce de distinguer ce qui nous attend à l'entrée.

– Quelque chose vient de bouger, murmure-t-il.

– Hm... des gargouilles qui bougent ? s'étonne Gontran.

Les mots de Merlu me font froid dans le dos. VIVANTES. Me retrouver nez à nez avec un tas de pierre qui bouge, respire et mange des petites filles pour le goûter ne m'emballe pas tellement. Mais restons positifs.

–Voyons de plus près, chuchote Simon.

Nous nous avançons jusqu'à les apercevoir : deux créatures gigantesques tapies près de l'entrée du château. Leurs visages sont effrayants et leurs bras gros comme des troncs d'arbres.

Bon sang, ce n'est plus le moment de réfléchir ! Pendant ce temps-là, Vilfrid menace mon oncle ! Pas le temps d'attendre qu'un magicien nul trouve une idée. Je DOIS faire quelque chose.

– Poussez-vous !

Nous avançons à pas de loup vers le portail du château, cachés dans les ombres bleutées des bâtiments longeant la rue. En m'approchant, je distingue les énormes têtes des gargouilles qui bougent lentement tandis qu'elles scrutent l'obscurité. Mais elles ne nous ont pas repérés.

Très impressionnant ! Enfin, jusqu'à ce que l'éclair de lumière qui a jailli de sa baguette dévie un peu, rebondisse sur un rocher près des portes du château, et…

Super. Nous sommes là à essayer de nous introduire dans une forteresse imprenable, et le type qui était censé être notre arme secrète vient de se transformer lui-même en nain de jardin géant.

RAAAAH !!
JE SUIS DODU ALORS C'EST MOI QU'ELLES VONT MANGER EN PREMIER.
OUTCH... JE NE PENSE PAS POUVOIR LES SEMER.
PAS **BESOIN** !
NORBERT, RAMÈNE MERLU À LA MAISON ! **NOUS**, ON S'OCCUPE DES GARGOUILLES !
AH BON ?
OUAIP.

Remarquez que je n'ai pas précisé COMMENT et, honnêtement, je n'en ai aucune idée. Mais si nous, les Presque Chevaliers, voulons sauver oncle Potrick, j'ai intérêt à trouver une idée.

– Il faut que nous pensions comme des chevaliers, je déclare.

– C'est vrai, nous n'avons rien de tout ça, je reconnais.

Nous nous précipitons vers des tonneaux vides abandonnés dans un coin.

– Grimpez dessus, je hurle.

Pardon de donner des ordres, mais quand on s'apprête à devenir le casse-croûte d'une bande de gargouilles, on a le droit d'oublier les bonnes manières.

Ce n'est peut-être pas ma meilleure idée, mais trop tard pour reculer. D'ailleurs, reculer est LITTÉRALEMENT impossible. Vous avez déjà essayé de manœuvrer un tonneau qui roule ? La seule chose à faire, c'est fermer les yeux et espérer toucher la cible.

Je sais, je sais : un vieux tonneau en bois ne retiendra pas une gargouille très longtemps. Mais pas besoin que ça dure une éternité.

La vache ! C'est donc ça, le château royal ? Je m'attendais à quelque chose de grand mais, là, c'est carrément ÉNORMANTESQUE !

Impossible de se cacher dans ce couloir. On se faufile par la première porte venue et on se retrouve dans une immense salle à manger.

Gontran et Simon se cachent derrière une tapisserie murale. Méli et moi plongeons sous la table. Une seconde plus tard, deux soldats entrent dans la pièce.

– On est censés faire notre rapport au roi dans la salle du trône, alors pourquoi on s'arrête ici ? demande le premier.

– Parce que j'ai FAIM, imbécile, grogne l'autre.

Le premier soldat s'en va, et l'on n'entend plus dans la pièce que le second qui mâche bruyamment et gobe absolument tout sur la table. J'espère que nous aurons de la chance et que ce nigaud s'étouffera avec un os de poulet.

Mais soudain… CATASTROPHE.

Moi vivante, ça ne se passera pas comme ça. Je peux prendre ce garde par surprise avec ma dague, et…

Max, tu es une BOURRIQUE. Quel chevalier part en mission dangereuse et oublie d'emporter une arme ? Je me redresse et regarde s'il y a quelque chose d'utile sur la table, comme un couteau, une fourchette, ou…

Mince. Si je parle, il comprendra à ma voix qu'il fait deux fois ma taille. Mais je ne peux pas non plus ne RIEN dire. J'inspire profondément et, en prenant l'intonation la plus grave possible, je lance :

Je reconnaîtrais cette voix entre mille. Une voix un peu fausse (d'accord, TRÈS fausse), mais je vous assure que je n'ai jamais été aussi heureuse de l'entendre.

Nous nous approchons sur la pointe des pieds d'une belle porte dorée restée entrouverte, et nous nous glissons à l'intérieur de la pièce d'à côté. Quelques gardes patrouillent dans le coin, mais ils ne regardent pas dans notre direction, obnubilés par ce qui se passe au milieu de la pièce.

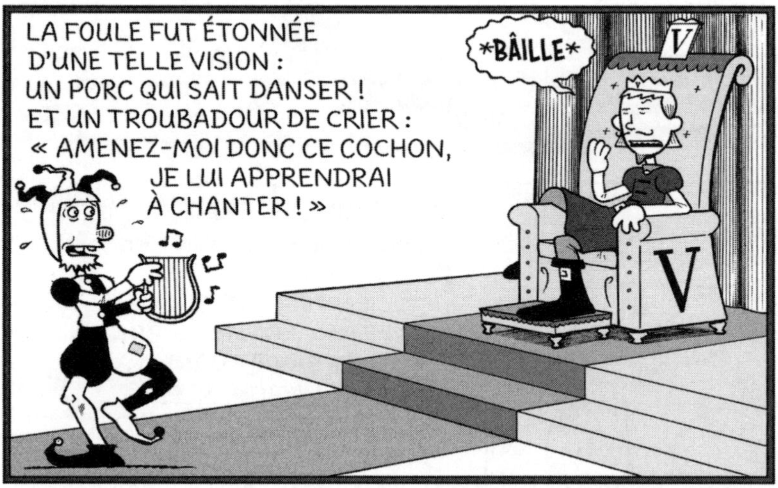

C'est donc ça, être le fou du roi ? Ça me fend le cœur. Pauvre oncle Potrick… il paraît exténué, avec ce costume miteux de clown. Après un pas de danse maladroit, il trébuche et manque même de tomber devant Vilfrid.

– Assez, assez ! crie le roi.

– Je… j'espérais vous amuser, votre majesté, bégaie Potrick.

– M'amuser ? Non. M'ennuyer ? Oui ! J'ai bien peur que tu ne sois pas très doué, mon vieux.

QU'ON LUI COUPE LA TÊTE.

7

Je me sens défaillir, mais je me ressaisis. Je ne vais quand même pas m'évanouir comme une princesse qui aurait trouvé un cheveu dans sa soupe. Oncle Potrick a besoin de moi. Il a besoin de nous tous.

Vilfrid ne parvient pas à cacher sa surprise en me voyant déraper sur son sol en marbre :

– Encore TOI ! grogne-t-il. Mais qu'est-ce que c'est que cette histoire ?

Je n'ai aucune idée de ce que je suis en train de faire car j'improvise au fur et à mesure. Mais pas question que son altesse abrutissime le sache, alors je lance :

– Euh…Vous êtes injuste avec cet homme !

– Le jonglage ? Déjà vu, dit Vilfrid en balayant notre proposition de spectacle d'un revers de main.

– Mais pas CE jonglage, insiste Gontran.

– Nous sommes réputés pour l'incroyable variété des objets avec lesquels nous jonglons ! précise-t-il. Des œufs ! Des torches enflammées ! Des éclairs au chocolat !

– Des épées ? répète Vilfrid.

LÀ, il est intrigué, et se frotte les mains de plaisir.

– Je dois bien avouer qu'un tel numéro pourrait s'avérer très… DANGEREUX, poursuit-il.

Et c'est ainsi que nous apprenons que Vilfrid n'est pas seulement méchant, il est aussi stupide. Nous ne pouvons pas en croire nos yeux : ses sbires nous donnent leurs armes !

Quand Vilfrid comprend ce qui vient de se passer, son visage devient cramoisi...

– Vous m'avez piégé ! hurle-t-il.

– Ouais, désolé, je dis avec mon épée pointée sur son nombril. Mais on est quittes, non ? Vous avez fait de mon oncle un bouffon…

En courant jusqu'à la porte, je jette un coup d'œil à Vilfrid. Il se saisit d'une grande mailloche et la cogne très fort contre un gong en argent. Le son fait vibrer toute la pièce.

Nous avions seulement oublié que les rigolos qui nous ont donné leurs épées ne sont pas les seuls gardes de Vilfrid. Il y en a plein le château, et ils foncent droit sur nous !

Alors que nous passons plusieurs portes en courant, de l'air frais balaie mon visage et je vois la lune briller dans le ciel. Nous échouons finalement dans une sorte de cour encerclée par d'imposants murs en pierre.

Une dizaine des colosses de Vilfrid fondent sur nous, bloquant la seule sortie. Ça sent le roussi… Nous avons toujours nos épées, mais eux aussi sont armés. Et, contrairement à nous, eux savent s'en servir.

Voilà, qu'est-ce que je disais ? Je ne savais même pas qu'on pouvait COUPER UNE ÉPÉE EN DEUX ! Nous n'avons aucune chance contre eux. Restez avec moi, vous allez assister au combat le plus court de l'histoire.

C’est alors que j’entends deux bruits distincts qui résonnent et font trembler le sol.

Qu’est-ce que c’est ? Tout le monde (les gardes et nous) baisse son épée pour écouter les sons se rapprocher. Boum. Clac. BOUM. CLAC. BOUM.

Un pilier de bois gigantesque frappe le sol juste à côté de nous, comme si un arbre énorme s’enfonçait dans la cour. Sauf que ce n’est pas du tout un arbre.

C'est une jambe.

Petit rappel : il y a une heure à peine, le père de Gontran mesurait environ un mètre quatre-vingts. Mais là, il fait DIX FOIS ça et, quand il parle, on croirait entendre le tonnerre.

D'un coup, Norbert nous attrape, nous soulève au-dessus des toits et nous dépose en sécurité sur le bord de son chapeau, ce qui ravit tout le monde, sauf oncle Potrick.

Les hommes de Vilfrid essaient désespérément de scier la jambe en bois de Norbert mais, en un mouvement, il les balaie dans la cour. Il recule ensuite pour franchir lentement le mur et quitter le château. Le son de ses pas de géant retentit alors à nouveau. Boum. Clac. Boum. Clac.

Et, en effet, après quelques minutes seulement, Norbert nous dépose dans l'allée derrière la maison de Gontran. Et devinez qui nous y attend ?

– Norbert a découvert ce bouton quand il me ramenait ici, explique Merlu. C'est comme ça que mon sort de pétrification a été brisé !

ZAP !
POUF !
AH ! JE ME SENS...
... MIEUX...
HÉ !
OUPS.
PETITE ERREUR DE CALCUL. MES EXCUSES.
J'ESSAIE À NOUVEAU.
POUF !
DOUF !
MOUF !
LOUF !

– Même si tu es un peu rouillé, niveau magie, tu as quand même réussi ! lance Simon. Tu nous as sauvés de Vilfrid !

– Il va coller ces affiches partout dans le royaume, l'avertit Norbert. Tu n'auras nulle part où te cacher à Sacrebourg.

Merlu se gratte la barbe et dit :

– Je suis d'accord, il faut que vous quittiez Sacrebourg. Mais j'ai bien peur que vous ne puissiez pas laisser cette histoire derrière vous.

– Et pourquoi ça ? je demande.

Le vieux sorcier fouille dans les plis de sa tunique et en sort un vieux grimoire.

8

J'en frissonne soudain d'excitation. Je ne sais pas de quoi parle Merlu, mais c'est assurément plus intéressant qu'être une apprentie troubadour.

– Tu veux dire que le livre... peut prédire le futur ? demande Méli.

Merlu hoche la tête.

– Eh bien, certains passages ont annoncé les principaux événements de l'histoire du royaume.

– Si, si, réplique Merlu.

– Pas par ton prénom, précise-t-il. Mais après avoir lu attentivement le texte, je suis formel : il parle de toi.

– Comment peux-tu en être sûr, demande Gontran en feuilletant les pages jaunies.

– Flûte ! bougonne Gontran.

– Le Livre des prophéties a été rédigé par mes ancêtres sorciers et, pendant des générations, les magiciens royaux ont veillé sur lui, poursuit Merlu.

Un vilain roi régnera ici
Avec une couronne volée.
Et, pour sauver le pays,
Il faudra le renverser.

Un sauveur fera son apparition
Contre le roi de pacotille.
Mais, malgré son prénom,
Ce sera une fille.

Avec ses cheveux roux,
Ses yeux verts décidés,
Elle emmènera partout
Une royale épée.

Mais sur un chemin bien long
Il lui faudra rallier
Et l'homme et le garçon
Si elle veut l'emporter.

Oncle Potrick a l'air sceptique :

–Vous pensez vraiment qu'il s'agit de Max ?

– Ça pourrait évoquer n'importe quelle fille, je renchéris. En plus, je n'ai pas de « royale épée ».

– Si, tu en as une, objecte Merlu. Ta DAGUE.

– Comment est-ce possible ? je demande. Je l'ai prise à un bandit rencontré en chemin !

– Il l'a sans doute trouvée ou volée avant que tu le rencontres. Mais c'est sans importance.

J'ai la tête qui tourne. Sauver oncle Potrick était déjà assez compliqué comme ça. Mais maintenant, voilà qu'un vieux bouquin raconte que je dois renverser Vilfrid ? Pardon de ne pas avoir l'air très héroïque, mais…

– Je suis censée faire COMMENT ? je demande. Ce serait bien d'être un peu précis !

– Il y a d'autres passages intéressants, ajoute Merlu en ouvrant le livre à nouveau.

Quatre camarades accompagneront
Notre héros vers son destin.
Et quand aux aurores ils s'envoleront...

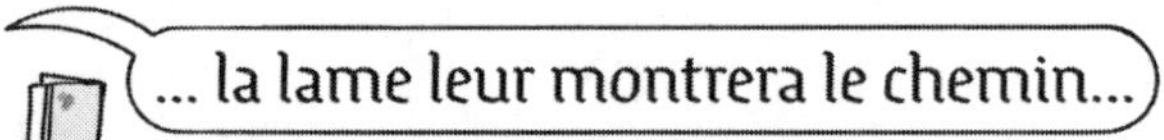

– Tu entends ça, Max ? s'écrie Simon. Quatre autres !

Tout le monde s'active : Alice trouve des vêtements pour Simon et Méli, Norbert remplit nos sacs de provisions, et oncle Potrick quitte son costume de clown.

Merlu brandit alors sa baguette.

– Laissez-moi faire ! Les déguisements, c'est ma spécialité !

La baguette atterrit aux pieds de Méli.

Méli est la plus surprise de nous tous.

– Je ne sais pas comment j'ai fait, murmure-t-elle.

– Moi je sais ! prétend Simon.

– Tout le monde ne découvre pas ses pouvoirs au même moment, explique Merlu. Pour ma part, j'ai su que j'étais différent dès ma NAISSANCE.

Gontran se tient à la fenêtre, et par-dessus son épaule, je vois une lueur orangée dans le ciel. Le soleil va bientôt se lever, mais ce n'est pas ça qui intrigue Gontran.

Les gardes de Vilfrid parcourent les rues, fouillent les allées et frappent à chaque porte.

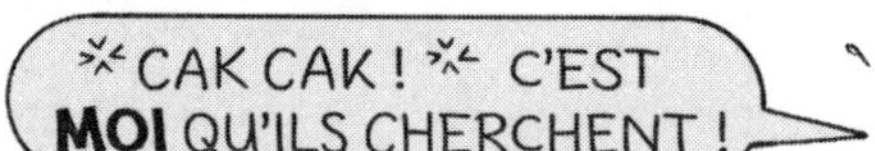

J'avais presque oublié : mon oncle est une oie. Je sais, c'est bizarre, mais pas le temps de s'en soucier. Il est le seul à avoir un bec et des plumes, mais si nous ne quittons pas Sacrebourg, nous finirons tous rôtis comme des volailles.

Nous sortons et nous précipitons derrière la maison.

– Donne-moi ta dague, Max, demande Norbert.

Il la pose ensuite doucement sur les pavés à nos pieds.

– Je vais la faire TOURNER, poursuit-il, et quand elle s'arrêtera…

Nous regardons tous la lame tournoyer, très vite d'abord, puis elle ralentit et s'arrête.

– Plein nord ! chuchote Norbert. Suivez le chemin derrière le verger, cela vous mènera dans la bonne direction.

J'essaie de ne pas y penser, mais j'ai la boule au ventre. Quelque chose cloche. Normalement, les héros commencent leur aventure sous les hourras de la foule.

Voilà, ça y est. Nous quittons l'allée tous les cinq. Je regarde une dernière fois derrière moi avant de bifurquer, mais Norbert, Alice et Merlu ont déjà disparu dans l'obscurité.

Pas grand-chose à signaler au début de notre voyage. La nuit, nous dormons dans des granges ou sous des arbres. Le jour, nous marchons, puis nous marchons, et nous marchons encore.

– Laissons tomber l'horrible légende ! je l'interrompt.

Nous reprenons notre marche. Au début, le chemin est facile, mais très vite il devient plus rude et accidenté. Il y a de plus en plus de broussailles et de ronces et, au-dessus de nous, les arbres s'épaississent, jusqu'à cacher la lumière du soleil. Il commence à faire froid. TRÈS froid.

– On dirait des pierres tombales, sauf qu'il n'y a rien d'écrit dessus, chuchote Simon.

Le sol se met alors à bouger, remuant la boue et des cailloux. Un rugissement sourd gronde sous nos pieds et une main surgit de la terre. Une main osseuse, d'un gris cadavérique. Un fossé béant s'ouvre soudain.

J'attrape la dague de Constant et Simon saisit le couteau que Norbert lui a donné à Sacrebourg. Mais bon, ce ne sont pas de vrais glaives. On dirait plutôt des cure-dents.

Je voudrais que Merlu soit là. Enfin, non… Ce vieux bouc se changerait sans doute lui-même en marmelade d'oranges. Et puis il n'a même plus de baguette magique, il l'a donnée à… à…

Elle sort la baguette de sa poche pendant que les trois morts vivants avancent lentement vers nous.

– Mais je ne connais aucun sort ! gémit-elle.

– Inventes-en un ! crie oncle Potrick.

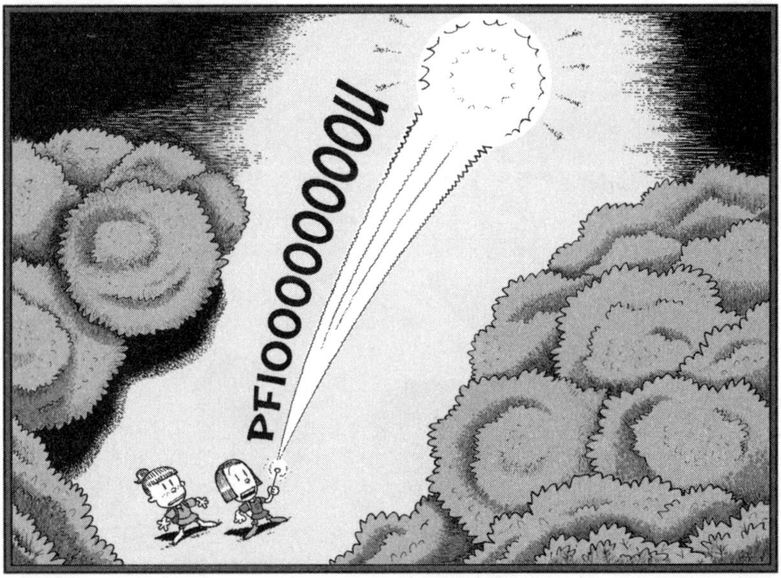

Un éclair blanc jaillit de la baguette et fonce droit vers le ciel. Vu du sol, c'est très beau, comme une comète scintillante. Mais à QUOI ça va bien pouvoir nous servir ?

– Salutations, jeunes voyageurs ! tonne une grosse voix.

Nous nous retournons et découvrons un personnage en guenilles qui débarque dans la clairière.

9

Waouh ! Ne me demandez pas qui est ce vieil homme, mais il arrive à POINT NOMMÉ. Les morts vivants ne sont plus qu'à quelques mètres quand il s'élance vers eux en faisant tournoyer son épée comme un fou furieux.

FICHTRE ! ILS SONT TROIS CONTRE UN !
PLUS POUR LONGTEMPS !
BIENTÔT TROIS CONTRE **DEUX** !
ET MÊME TROIS CONTRE **TROIS** !
JE RESTE ICI ET JE... EUH... PROTÈGE CE CAILLOU !
VA-T-EN, FILLETTE, CE N'EST PAS UN TRAVAIL POUR LES ENFANTS !
NOUS NE SOMMES PAS DES ENFANTS !
NOUS SOMMES DES **CHEVALIERS !**

La bataille fait rage. Enfin « bataille » est un bien grand mot. Disons que Simon et moi essayons seulement de ne pas nous faire tuer. C'est l'inconnu qui fait tout le boulot.

– Nous devons renvoyer ces monstres sous terre ! crie-t-il par-dessus le fracas des armes.

L'homme se démène à coups d'épée pour attirer l'un des morts vivants à l'écart des tombes. À chaque nouveau coup, il repousse la créature vers un coin d'herbe où un rayon de soleil filtre à travers les épais branchages de la forêt.

La créature tombe à la renverse dans la lumière et laisse échapper un son hideux. Elle se roule par terre comme si elle avait pris feu et s'agite dans tous les sens pour s'abriter à l'ombre. Finalement, les trois créatures retournent de leur pas saccadé dans leurs tombes.

Quel soulagement ! J'appréciais la compagnie de nos trois nouveaux copains, mais j'avoue que l'odeur de chair pourrie commençait à m'indisposer. Tout excité, Gontran saute au cou du vieil homme :

– Mille mercis, l'ami, de nous avoir secourus !

L'étranger s'incline :

– Tout le plaisir était pour moi.

Le vieil homme nous salue d'un signe de tête, puis son regard se pose sur moi :

– Toi, Max…

– J'ai servi le roi, jadis, dit-il avec un sourire triste.

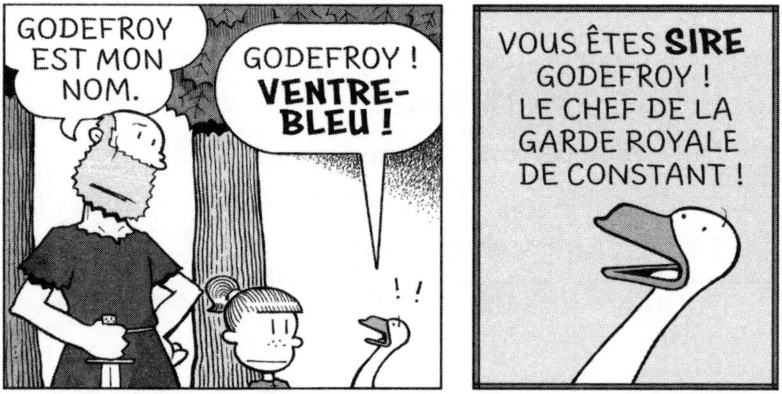

– C'était il y a bien longtemps, répond-il.

– Que fait un chevalier dans un endroit pareil ? demande Méli avant de frissonner. Ce ne sont pas des lieux très… accueillants.

– Je vis ici, répond Godefroy, le visage soudain sombre. Mais pas par choix. Comme beaucoup d'autres avant moi, j'ai emprunté ce chemin sans savoir où il menait réellement.

– Et où… où mène-t-il, bredouille Potrick.

– Ici, dans cette prison, lâche-t-il dans un soupir. Tous ceux qui prennent cette route y périssent. C'est pourquoi on l'appelle le Sentier de la Mort.

– Non, dit Godefroy. La forêt est ensorcelée et le chemin disparaît dès qu'on l'emprunte. Impossible de faire demi-tour et de revenir sur ses pas.

–V… vous avez dit… « hantés » ? Mais par qui ? demande Potrick en tremblant.

– Par les morts, répond Godefroy. Comme vous venez de le constater, ils vivent sous terre.

– Mais il doit bien y avoir au moins un moyen de sortir d'ici ! je proteste.

Godefroy hausse les épaules.

– Il y a bien un portail, mais impossible de le franchir. Il est fermé depuis des siècles.

Nous entamons alors un long périple en nous enfonçant dans la forêt sur les pas du vieux chevalier. Et je comprends mieux pourquoi on dit l'endroit ensorcelé : au fur et à mesure que nous avançons, la piste se referme derrière nous, engloutie par les ronces et les branches.

Nous marchons pendant plusieurs heures, jusqu'à ce que…

– Il y a les mêmes marques sur le manche que sur ma DAGUE !

– Oui, car comme elle, mon épée appartenait jadis au roi Constant, confirme-t-il.

– On raconte que si les lames royales se touchent, un pouvoir gigantesque se libère, explique Godefroy.

– Assez puissant pour nous tailler un chemin hors de ces bois ? demande Simon en regardant l'épaisse barrière de végétation qui longe le sentier.

– Impossible de s'en servir pour ça, rétorque Godefroy. Les lames ne doivent être utilisées que dans un seul but.

– Fascinant ! s'exclame Gontran. Et très joli poème également !

– Dites-nous en plus sur l'épée du roi, sire Godefroy, supplie Méli alors que nous reprenons notre marche. Comment s'est-elle retrouvée entre VOS mains ?

– C'est bien ça, confirme le chevalier.

Je l'interromps :

– Mais attendez, le roi Constant est MORT !

– Sois patiente, Max, intervient Gontran, j'ai bien l'impression qu'il va y avoir un coup de théâtre dans cette histoire.

– Tout à fait, acquiesce Godefroy.

HA ! TU DEVRAIS VOIR TA TÊTE !
QUI ÊTES-VOUS ?
JE SUIS FURIA, LA SORCIÈRE DU NORD !
POURQUOI AS-TU PRIS L'APPARENCE DE CONSTANT ?
DISONS QUE C'EST UN HOMMAGE !
CAR TU DOIS SAVOIR QUE TON ROI ADORÉ EST MORT !
OUI, TUÉ PAR JE NE SAIS QUELLE BÊTE.
UNE BÊTE ? HA HA HA HA HA HA
C'ÉTAIT UN TOUR ! J'AI UTILISÉ LA MAGIE POUR ME FAIRE PASSER POUR UNE BÊTE !
J'AI ATTIRÉ CONSTANT HORS DE SACREBOURG AFIN QUE VILFRID PRENNE SA PLACE !
TOUT CE QU'IL RESTE DE TON ROI, C'EST ÇA !
L'ÉPÉE DE CONSTANT !

ELLE NE T'APPARTIENT PAS ! DONNE-LA-MOI !
SCHLAK !
COMMENT **OSES**-TU ?
ELLE A ALORS SORTI SA BAGUETTE ET M'A JETÉ UN SORT.
ZZZ
ZZZAP !
JE N'AI PAS PU L'ESQUIVER COMPLÈTEMENT.
KWONG !
MA VUE S'EST TROUBLÉE.
J'AI QUAND MÊME FRAPPÉ À L'AVEUGLETTE AVEC L'ÉPÉE ET J'AI FAIT TOMBER SA BAGUETTE...
... PUIS J'AI FUI TANT BIEN QUE MAL.

– Donc… Vous ne voyiez plus RIEN ! je m'exclame.

– C'est cela. Heureusement, le sort s'est dissipé au bout de quelques jours, mais il était déjà trop tard. Je m'étais égaré sur le Sentier de la Mort.

– Il est ÉNORME, je commente en regardant les hautes portes de pierre.

– Qui a construit ce truc ? demande Simon.

– Aucune idée, répond Godefroy. Je ne reconnais aucun des symboles gravés au-dessus, impossible de les déchiffrer.

– D'accord, dit Méli en attrapant sa baguette. Je veux bien essayer.

La baguette glisse dans le trou dans un *clic* suivi d'un grondement sourd. Et tout à coup…

Nous sortons en vitesse et laissons la forêt lugubre derrière nous pour arriver dans un vaste champ. Quel bonheur d'avoir de l'air, surtout pour Godefroy !

Nous nous allongeons dans l'herbe fraîche tandis que Simon fabrique une canne à pêche et essaie de nous attraper de quoi dîner. Oncle Potrick et Méli s'endorment, et je m'apprête à fermer les yeux à mon tour quand Godefroy vient s'asseoir près de Gontran et moi et dit :

– Vous avez mentionné le Livre des prophéties.

Les yeux du vieil homme s'illuminent.

– Merlu ! Nous nous sommes bien connus à l'époque de Constant.

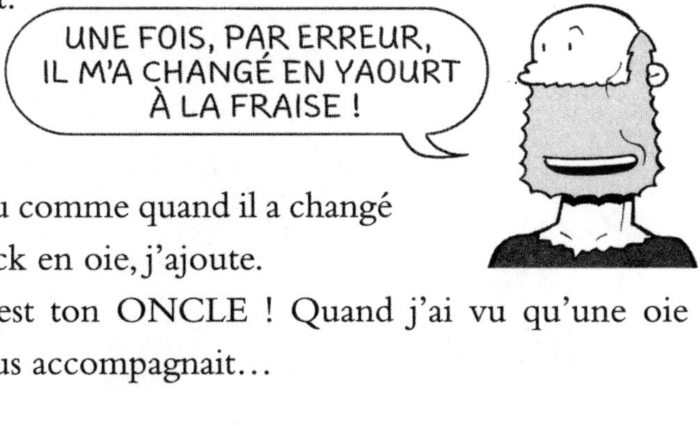

– Un peu comme quand il a changé oncle Potrick en oie, j'ajoute.

– Oh, c'est ton ONCLE ! Quand j'ai vu qu'une oie parlante vous accompagnait...

Gontran raconte le passage où je libère Sacrebourg de Vilfrid. C'est un peu gênant de se faire appeler « héroïne » ou « sauveuse », donc j'essaie de ne pas écouter. Mais Godefroy boit les paroles de Gontran.

– Bonté divine, Max ! s'exclame-t-il. Pour une petite fille, tu es promise à un très grand destin.

Je m'exécute et Godefroy brandit l'épée de Constant au-dessus de moi.

– Max, proclame-t-il, par les pouvoirs qui me sont conférés en tant que commandant de la garde du roi Constant…

10

– Il y a un problème ? je demande.

– Eh bien… les chevaliers sont toujours des HOMMES, explique-t-il d'un air penaud. Je ne sais pas trop comment m'adresser à toi.

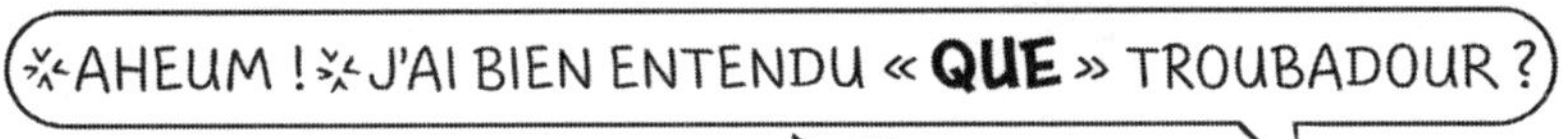

Oups. Je n'avais pas vu qu'il nous écoutait. Apparemment, je lui ai froissé les plumes.

Je n'en crois pas mes oreilles.

– Ah bon ?

– C'est évident, poursuit-il. Comme on dit chez nous, les troubadours, tu n'as pas l'oreille musicale.

Bon, je sais ce que vous vous dîtes : les filles ne peuvent PAS devenir chevaliers. Mais passons sur ce détail. Après tout, si sire Godefroy en personne pense que je suis à la hauteur…

Pour info : ce n'est pas un collier. Simon a attrapé assez de truites pour préparer un bon repas. Méli et moi partons alors ramasser du bois pour faire un bon feu de camp. Une heure plus tard, nous sommes tous repus.

– Par accident, je crois, répond Méli. J'ai grandi dans un orphelinat sacrebourgeois.

– Je vois, murmure Godefroy en grattant sa barbe.

À la lumière du feu, je vois que Simon est au bord des larmes.

– Non, j'avais des parents, lâche-t-il.

– Tu avais ? demande Gontran. Est-ce qu'ils sont… morts ?

Godefroy se rapproche pour demander :

– Comment ça ?

– Ils sont devenus froids et distants, explique Simon. C'est comme s'ils étaient hypnotisés. Ils ont même fini par s'arrêter de s'occuper de moi.

– Je passais de moins en moins de temps à la maison, poursuit Simon.

Oh, là, là ! Et moi qui pensais que ma vie était dure... Pauvre Simon… Je me demande ce qui est arrivé à ses parents. Godefroy, lui, a sa petite idée.

Le chevalier acquiesce, le visage sombre.

– Les gens ne changent pas ainsi sans raison.

– Aah ! s'écrie oncle Potrick.

– Tu as raison, Max, dit Godefroy. En général, les enfants sont immunisés contre les sorts maléfiques.

– Et les parents de Gontran ? demande Méli.

– ... Mais Merlu m'a dit un jour que les gens réagissent à la magie comme à un virus : la plupart sont infectés, mais certains y échappent.

– En d'autres termes, mes parents ont eu de la chance, résume Gontran.

Godefroy regarde le ciel nocturne et ajoute :

– Nous aurons beau temps demain pour voyager, je pense.

– « Nous » ? je répète.

Le vieil homme sourit en s'étendant sur le sol.

– Ce sont les meilleurs voyages.

Le lendemain matin, nous reprenons notre route. C'est sympa d'avoir Godefroy avec nous. Il nous raconte ses aventures avec Constant, à l'époque. Et quand il n'a plus d'histoires, oncle Potrick est heureux de prendre le relais.

– Cette plante était un piège ! s'écrie Simon.

Nous nous précipitons vers le vieux chevalier. Ouf ! Ses yeux sont ouverts, il est vivant.

Mais il ne bouge pas. Et, quand il parle, sa voix est à peine audible.

– Je vais essayer, répond Méli.

Elle l'agite au-dessus du chevalier, décrivant des cercles dans l'air. Mais il ne se passe rien. Je pose ma main sur son cœur : il bat faiblement.

Je m'agenouille à côté de Godefroy, tenant l'anneau que Merlu m'a donné la nuit de notre départ. Je ne suis pas sûre qu'un sorcier à la retraite puisse lui sauver la vie, mais en tout cas, NOUS seuls n'y arriverons pas. Sa peau devient pâle et sa respiration est saccadée.

– Vous allez revoir un vieil ami, je dis, lui arrachant un léger sourire.

Une boule se forme dans ma gorge. Allez, Max, ressaisis-toi. Un chevalier, ça ne pleure pas !

Je soulève le bras de Godefroy, mais c'est un poids mort. Je lui passe délicatement l'anneau au doigt.

Si léviter signifie s'élever du sol... Alors oui, c'est bien ce qui se passe. L'anneau brille et, une seconde plus tard, le corps entier de Godefroy baigne dans une lumière scintillante. Ensuite…

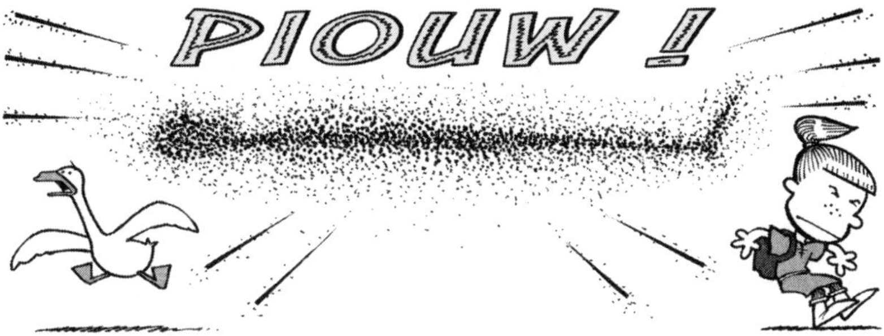

Il disparaît.

TU ES ENCORE UNE DÉBUTANTE. UN JOUR, TU SERAS UNE GRANDE MAGICIENNE !
MAIS APPRENDRE DEMANDE DU TEMPS, DE LA PATIENCE ET...
... DES LIVRES !
! !
REGAR-DEZ-MOI ÇA !
C'EST UNE VÉRITABLE BIBLIOTHÈQUE !
« L'INVOCATION POUR LES NULS »
« TISANES MALÉFIQUES »
« COMMENT PORTER MALHEUR À VOS AMIS »
« SORTS À GOGO »
QUE DES LIVRES SUR LA SORCELLERIE !
C'EST LA MAISON D'UN MAGICIEN !
PAS N'IMPORTE QUEL MAGICIEN !

LA SORCIÈRE DU NORD !

11

C'est une sacrée entrée, il faut bien le reconnaître.

– Tu es Furia, je lui lance.

Bon, ce n'était pas une remarque très intelligente, mais je n'avais pas préparé de réplique plus maligne.

– Et qu'est-ce qui te fait dire ça ? je demande, en prenant la voix la plus « chevaleresque » possible.

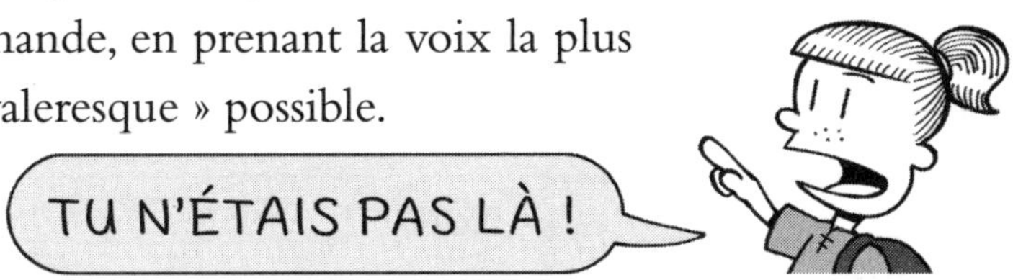

– Nous sommes très proches, le roi Vilfrid et moi, et il m'a tout raconté de votre petite visite dans la salle du trône, répond-elle avec un rictus satisfait.

Simon s'avance vers elle :

– Impossible, tu ne PEUX PAS.

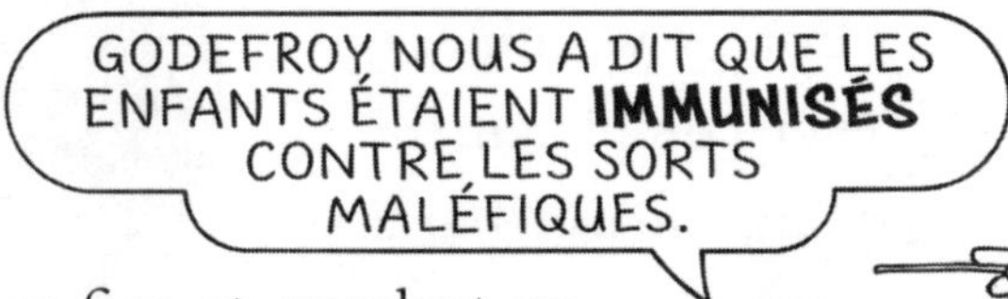

Furia se fige et, pendant un court instant, elle paraît étonnée. Mais elle se ressaisit bien vite.

– Oui, il y a une sorte de protection qui entoure les enfants, ce qui est assez pénible, avoue-t-elle froidement. Mais crois-moi, je peux quand même vous faire très, très mal.

Méli sort sa baguette et vise la sorcière droit au cœur. Sa voix tremble, mais pas sa main.

Furia la dévisage avec étonnement, puis elle éclate de rire.

– Alors ça, c'est pas banal !

Bon, « vermine », c'était complètement gratuit, mais Furia a peut-être raison. Après tout, Méli vient juste de nous dire qu'elle n'est pas encore une vraie magicienne.

Comment pourrait-elle rivaliser avec une femme qui a un ROYAUME entier à sa merci ?

Réponse : elle ne peut pas.

– Tu n’es pas de taille, ma chérie, ricane la sorcière.

Méli s’écrase contre la bibliothèque, et Furia pivote vers nous, en faisant tournoyer sa baguette entre ses doigts aux ongles acérés. Sans réfléchir, j’attrape la dague à ma ceinture.

Furia recule d'un pas, non pas de peur, mais de surprise. Elle regarde la lame dans ma main et ses yeux s'éclairent : elle a déjà vu cette dague.

– Tu viens de me faire changer d'avis, fillette, dit-elle en s'approchant lentement. Au début, j'étais en colère que vous soyez entrés chez moi... Mais maintenant, je vois que vous m'avez apporté un CADEAU.

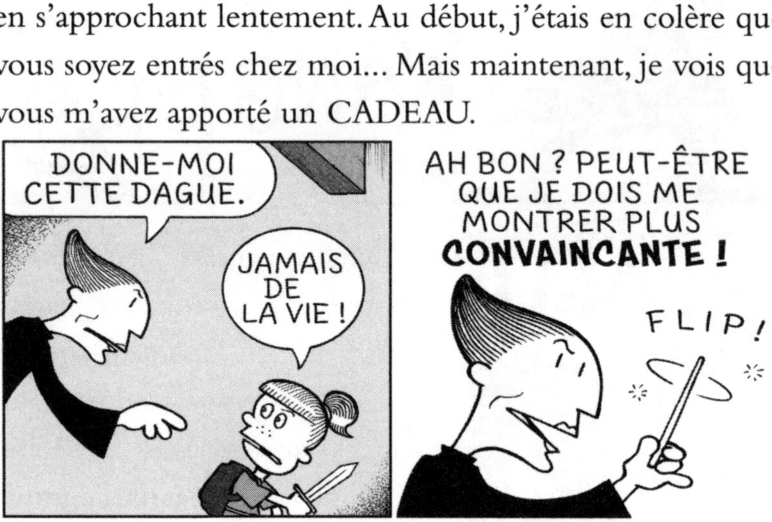

POUF !
!
ROAR !
DONNE-MOI LA DAGUE !
ZZZAP!
GRREUuuuu...
SPLAF !

– Je propose que nous gardions ce livre avec nous, Méli, ajoute Gontran. Ça pourra servir.

– Je suis d'accord, mais il faut partir d'ici au plus vite, répond-elle. Les sorts jetés par les apprentis magiciens ne durent pas très longtemps.

– Je croyais que les oies avaient un sens inné de l'orientation, pour migrer et tout ça, s'étonne Simon.

– Tu sembles avoir oublié que je ne suis pas vraiment une oie, réplique oncle Potrick. Je suis un TROUBADOUR !

– La prochaine fois que nous verrons Merlu, demande-lui de te retransformer, suggère Simon.

– Tu es fou ! Tu l'as vu faire avec sa magie, caquette oncle Potrick. C'est une CATASTROPHE !

Bientôt, la chaumière de Furia est loin derrière nous. Les autres discutent entre eux pendant que nous avançons lentement. Mais moi, je n'ai pas envie de parler, j'ai la tête trop pleine de questions sur notre aventure.

Je n'ai pas de réponse, ce qui n'est pas surprenant. Je ne m'attends pas à entendre des voix me dire quoi faire.

– Ah ! Max ! Comment se passe le voyage ? demande Merlu, comme si parler à travers une banane était tout à fait normal.

– Pas trop mal. Et donc cette banane est comme ton pamplemousse magique, c'est ça ?

– Ne dis pas de bêtises, mon enfant…

– Oui, je l'ai emmené à la maison de Norbert et Alice, où nous le soignons. Il sera bientôt sur pied.

La voix de Merlu grésille puis disparaît. Je secoue la banane en espérant retrouver la connexion, mais je n'arrive qu'à la casser en deux.

– Au moins, nous savons que Godefroy va bien, souligne Méli.

– Mais Merlu essayait de nous avertir de quelque chose, nous rappelle Gontran. Un danger doit rôder quelque part.

Je pose la dague sur une pierre et la fais tourner. Et, bien sûr, elle s'arrête pile en face des montagnes à l'horizon.

– Plein nord, j'annonce. C'est parti, les Presque Chevaliers !

Nous marchons pendant plusieurs jours, nous nourrissant de baies trouvées en chemin. Les champs et les forêts cèdent bientôt la place à des collines accidentées et à des rochers éparpillés. Finalement, nous traversons une rivière asséchée pour nous retrouver au pied d'une montagne grise et froide.

– Je pense que nous n'en aurons pas besoin, répond Gontran.

Simon sort une poignée de bouts de bois sec de son sac.

– J'avais gardé ça pour faire du feu, explique-t-il, mais ça nous fera des torches.

Puis nous pénétrons dans un monde encore plus trouble que l'eau des douves de Vilfrid. Les torches éclairent juste assez pour dessiner des ombres inquiétantes sur les parois du tunnel. Nous progresson à tâtons. Des heures passent ainsi.

– J'hésite à vous dire ça, murmure Gontran, mais que fera-t-on quand les torches s'éteindront ?

Méli a raison. On entend un crissement, d'abord faible, puis de plus en plus fort alors que nous descendons sur le chemin.

Le tunnel débouche sur une caverne. En contrebas, des dizaines de créatures crasseuses se mordent et se griffent. Elles se tiennent debout, mais cc ne sont pas des humains. Couvertes de poils drus, elles se battent autour d'un feu fumant en faisant claquer leurs petites dents jaunes.

En effet, les rats cessent de se battre, pointent leurs museaux vers notre cachette et je les entends renifler en chœur, en faisant battre leurs petites ailes. Soudain, ils volent vers nous.

Ils nous attrapent comme si nous étions des restes de nourriture et nous emportent dans l'obscurité. Puis ils nous font tomber sur le sol de la caverne dans un bruit sourd.

Nous nous relevons, mais ils nous encerclent déjà. Nous sommes piégés.

Nous avons perdu nos torches donc nous nous blottissons près du feu presque éteint. Le sol tremble et le bruit tonitruant devient encore plus fort.

Là, au fond de la caverne… quelque chose a bougé ! En scrutant l'obscurité, j'aperçois une ombre gigantesque remuer, puis nous entendons des griffes crisser contre la pierre.

– Quoi que ce soit, c'est trop gros pour être un rat, murmure Simon.

Je suis de son avis.

– Ce n'est pas un rat.

12

C'est la première fois que j'en vois un. Oncle Potrick m'a raconté plein d'histoires sur eux, mais j'ai toujours cru qu'il inventait. Je n'aurais jamais imaginé que les dragons soient RÉELS.

Peut-être que ce n'est pas au sujet des rats que Merlu voulait nous mettre en garde. Peut-être que c'est à propos de ce monstre-là. Qui semble d'ailleurs bien décidé à faire de moi son quatre heures et à utiliser la dague de Constant comme cure-dents.

Il faudrait peut-être que je songe à me défendre. Après tout, je suis un chevalier du royaume, et tuer des dragons

fait partie du boulot. Je saisis ma dague et la pointe vers lui, en cherchant quelque chose d'impressionnant à dire.

Et vous savez quoi ? Ça marche ! Enfin, c'est d'abord ce que je crois. Le dragon hésite, ses yeux orange s'adoucissent. Mais, une seconde plus tard, je me rends compte que ce n'est pas moi qu'il regarde.

C'est la DAGUE !

Je savais qu'elle avait un truc spécial, Godefroy me l'avait dit sur le Sentier de la Mort. Mais elle n'avait jamais réagi comme ça avant. La dague est soudain légère comme une plume, le manche picote, vibre et chauffe mon bras. Un halo bleu se forme autour de la lame.

Le dragon pose alors sa tête sur le sol de la caverne.

– Les armes royales ont des pouvoirs spéciaux, nous rappelle Gontran. Avoir en ta possession la dague de Constant te donne une emprise sur ce dragon.

– Super, je marmonne. Et qu'est-ce que je suis censée faire avec lui ?

– Grimpe sur son dos, me lance Simon.

Ce dragon est vraiment tout feu tout flamme ! Je n'aurais jamais imaginé qu'il puisse nous être si utile ! Quand la poussière retombe, nous apercevons un coin de ciel bleu de l'autre côté du passage. Je sens un courant d'air frais sur mon visage, le dragon déploie ses ailes et se prépare à décoller.

ACCROCHEZ-VOUS, LES AMIS !
FACILE À DIRE QUAND ON A DES **MAINS** !

Nous montons en flèche, comme propulsés par une catapulte. J'ai à peine le temps de reprendre ma respiration que nous sommes déjà à des centaines de mètres au-dessus de la cime des arbres, loin de la montagne.

– Lance-Flamme ! propose Gontran.

– Griffu ! je suggère.

– Et pourquoi pas Bob ? dit Méli.

– D'après vous, où nous emmène-t-il ? je demande.

– Peut-être que nous allons jusqu'au bord de la Terre, dit Simon.

– Certains prétendent que la Terre n'a pas de bords, déclare Gontran.

En dessous, nous voyons une série de petites collines. Perdue en haut de la plus haute se dresse une immense tour

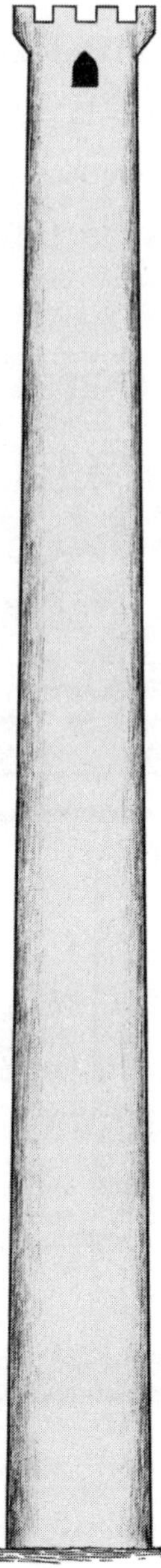

en marbre. Mais elle n'est rattachée à aucun château et il n'y a pas de ville autour.

Elle est là, toute seule. Et puisque Bob a commencé sa descente, j'en déduis que c'est là notre destination. Peu après, nous sommes au sol, contemplant l'énorme colonne.

–Vous pensez que quelqu'un vit là-dedans ? demande Méli.

Simon passe sa main sur la paroi.

– Ce n'est peut-être pas fait pour y vivre, c'est peut-être seulement un monument.

Gontran remarque une petite ouverture au sommet de la tour et dit :

– Si c'est le cas…

– Et s'il y a une fenêtre, où est la PORTE ? ajoute Simon en faisant le tour de l'édifice.

Nous nous taisons pour écouter. Et voilà que ça recommence : une toute petite voix venant du haut de la tour.

– On dirait un enfant, note Méli.

Simon acquiesce et renchérit :

– Un enfant PRISONNIER là-haut !

– Mes amis Presque Chevaliers, le devoir nous appelle ! s'écrie Gontran.

IL S'EST FAIT LA MALLE !
GONTRAN ! TU AVAIS DIT QU'IL M'OBÉIRAIT !
JE ME SUIS PEUT-ÊTRE UN TOUT PETIT PEU TROMPÉ.
QUI VA VOLER JUSQU'À LA FENÊTRE, MAINTENANT ?
NON ! NON !
SI ! SI !
ONCLE POTRICK, TU ES LE SEUL À AVOIR DES AILES !
ALORS UTILISE-LES !
flap flap
flap flap

Parfois, ça a du bon d'avoir une oie dans la famille. D'accord, ce n'est pas une oie très GRACIEUSE, mais oncle Potrick se débrouille plutôt pas mal. Le voilà qui volette jusqu'en haut de la tour et se faufile par la fenêtre. Nous attendons en bas.

– Excusez-moi d'être alarmiste… commence Gontran après un long moment.

L’enfant s’assoit. C’est un garçon bien coiffé, avec des yeux bleus et un visage rond. Pendant un instant, j’ai l’impression de l’avoir déjà vu quelque part, mais c’est impossible. Je chasse cette pensée et je l’aide à se relever.

– Peut-être qu'il s'est blessé pendant sa chute, dit Gontran. Un coup à la tête peut troubler la mémoire.

– Il était déjà comme ça quand je l'ai trouvé dans la tour, précise oncle Potrick. Il ignore comment il est arrivé là-haut.

Le garçon a l'air peiné.

– Je me suis posé toutes ces questions, mais je n'ai aucune réponse. Tout ce que je sais, c'est que je vis dans cette tour depuis très longtemps.

Méli s'étouffe :

– Ça fait plus de CINQ ANS !

– Donc tu étais un tout PETIT garçon quand tu as été enfermé ! je m'exclame.

Il fronce les sourcils.

– Je ne vois pas ce que tu veux dire. Je n'étais pas plus petit qu'aujourd'hui.

– Et la nourriture ? demande Simon. Comment as-tu fait pour ne pas mourir de faim ?

– C'est la dame qui m'apporte à manger.

– Quelle dame ? demandons-nous tous en chœur.

– Je ne connais pas son nom, répond-il en haussant les épaules.

Il s'agenouille et commence à dessiner dans la poussière. Un visage se forme lentement : un nez pointu, des cheveux relevés et deux yeux perçants.

– J'aurais dû me douter qu'elle était derrière tout ça, je grommelle.

– Qui est Furia ? demande le petit garçon, visiblement perdu.

– Une sorcière de la pire espèce, répond Gontran. Et, sauf erreur de ma part…

– Ce jeune gars doit être IMPORTANT, ajoute Potrick en battant de l'aile vers notre nouvel ami.

Méli sort le grimoire qu'elle a trouvé chez Furia et le feuillette.

– Ha ! crie-t-elle après quelques minutes. Je vois quelque chose appelé « malédiction d'amnésie ».

– Oui, j'aimerais savoir ce que ça fait d'avoir des souvenirs.

Le garçon chancelle et secoue la tête en clignant frénétiquement des yeux. Il se ressaisit soudain et nous regarde, puis observe la tour qui domine la colline. Son expression change, le doute et la confusion disparaissent de son visage.

– Est-ce que… est-ce que ça a marché ? demande Simon. Sais-tu qui tu es ?

Le garçon sourit et ses yeux brillent.

– Oui, je sais.

13

Waouh. Ça, c'est du COUP DE THÉÂTRE. Nous le fixons un instant dans le silence le plus complet quand soudain…

– Il a disparu il y a cinq ans, explique Gontran. Les gens ont supposé le pire.

Le garçon a l'air paniqué.

– Mais je suis bien vivant ! Et je SUIS le roi !

Désolée, mais c'est un peu gros. Et si c'était encore un coup fourré de Furia ? Et s'il y avait un sortilège là-dessous…

Je dégaine la dague, espérant que le garçon ne remarque pas mon geste, mais c'est raté.

– Tu as ma dague ! crie-t-il.

Impossible de cacher ma surprise.

– Que… Quoi ? Comment tu…

– Quand on a possédé une chose précieuse toute sa vie… commence-t-il.

– La dague va révéler qui je suis. Pose-la sur le sol…

Il a l'air si sûr de lui que je commence presque à croire qu'il est vraiment Constant. Je me baisse, fais tournoyer la lame, et nous l'observons.

Elle s'arrête devant le garçon.

– Pour être sûre, essaie encore.

Je la fais tourner une deuxième fois, puis une troisième. À chaque fois, c'est la même chose : la lame indique...

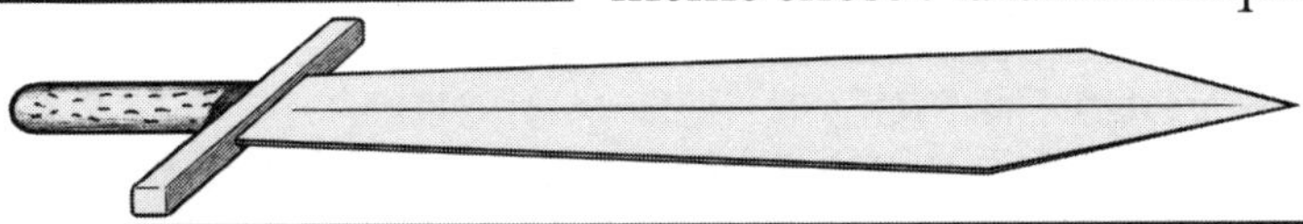

– Elle vous appartient, je lui dis en lui rendant la dague.

Je ne sais pas si je suis censée faire une révérence ou le saluer, c'est la première fois que je rencontre un roi en vrai (Vilfrid, ça ne compte pas).

Il me serre la main.

– Merci… euh…

– Max.

– Sire Max ! me corrige Gontran.

Constant est stupéfait.

– Ça, c'est une histoire qui vaut la peine d'être écoutée !

Nous nous présentons et expliquons tout ce qui s'est passé depuis notre départ de Sacrebourg.

– Diantre ! s'exclame Constant. C'est un sacré voyage !

– C'est elle qui m'a changé en enfant.

– Mais pourquoi ? demande Simon.

– Pour aider mon frère à s'emparer du trône, répond Constant. Écoutez mon histoire, mes amis, et vous comprendrez l'ampleur de leur trahison.

MAIS QUAND JE DEMANDAIS CE QUI S'ÉTAIT PASSÉ, PERSONNE NE ME DONNAIT LA MÊME VERSION.
C'ÉTAIT UN DRAGON.
C'ÉTAIT UN CANARD.
... ET TOUT LE MONDE AVAIT LE MÊME REGARD VIDE.
Y AVAIT-IL **VRAIMENT** UN MONSTRE ?
OU CES PAUVRES GENS AVAIENT-ILS ÉTÉ **ENSORCELÉS** ? MES SOUPÇONS GRANDISSAIENT.
J'AI DÉCIDÉ DE RETOURNER À SACREBOURG. QUAND SOUDAIN...
AIDEZ-MOI, MON BON SIRE !
J'AI ÉTÉ MORDU PAR UN SERPENT **MORTEL !**
SES CROCHETS SONT PLANTÉS DANS MA JAMBE ! DONNEZ-MOI UNE ÉPÉE POUR QUE JE PUISSE LES ENLEVER !
J'AI PRÊTÉ MA DAGUE À CE PAUVRE BOUGRE, ET...

– Pourquoi Vilfrid voulait-il la dague ? l'interrompt Méli.

– Il convoite tout ce qui peut le rendre plus fort, explique Constant. La dague est une lame royale. Elle a un pouvoir immense, surtout croisée avec l'épée.

– Mais vous aviez encore cette épée, je lui rappelle. Vous ne pouviez pas l'utiliser pour le vaincre ? Genre, en duel ?

– C'est ce que j'aurais fait si Vilfrid avait été seul, assure le roi.

MAIS UNE DIZAINE DE SES SOLDATS ATTENDAIENT CACHÉS NON LOIN DE LÀ.
ATTRAPEZ-LE, LES GARS !
J'AI COMBATTU DU MIEUX QUE J'AI PU, MAIS ILS ÉTAIENT TROP NOMBREUX.
CLONG !
CLANG !
J'ÉTAIS SÛR DE ME FAIRE TUER...
... CE QUI ÉTAIT CLAIREMENT CE QUE MON FRÈRE AVAIT PRÉVU.
OUI ! OUI ! ACHEVEZ-LE !
NON !
NOUS AVONS BESOIN DE LUI VIVANT, GROS NIGAUD !

MAIS VIVANT, IL EST DANGEREUX !
PLUS POUR TRÈS LONG-TEMPS !
LES HOMMES DE VILFRID M'ONT ENLEVÉ MON ARMURE.
REGARDE ÇA !
ZZWIP!
LE ROI N'EST PLUS QU'UNE DEMI-PORTION !
HA ! BIEN FAIT POUR LUI !
! ! !
HÉ BIEN, MON TOUT PETIT FRÈRE, TU N'AURAS PLUS BESOIN DE TON ÉPÉE !
APPORTE-MOI SA DAGUE, MANANT !
JE VEUX ESSAYER LE TRUC SUPER COOL DES LAMES CROISÉES !

– Cet étranger, c'est le type qui nous a DÉVALISÉS ! caquette oncle Potrick. C'est comme ça qu'il s'est retrouvé avec cette arme !

– Moi, je dis que, sans le vouloir, ce voleur nous a rendu un fier service ! commente Gontran.

– Tu as raison, il a empêché mon frère de posséder les deux lames royales, confirme Constant.

–Voilà comment je me suis retrouvé prisonnier dans la tour, conclut Constant.

Simon fronce les sourcils :

– Il y a une chose que je ne comprends pas. Pourquoi Furia a-t-elle voulu vous garder en vie ?

Méli feuillette son livre de magie.

– J'ai trouvé l'enchantement dont se sert Furia pour contrôler le peuple de Sacrebourg ! s'exclame-t-elle. Le sang de Constant en est l'ingrédient principal !

Une écaille de dragon,
une dent d'ogre,
une pincée de terre
de cimetière...

une peau de serpent,
une toile d'araignée,
une goutte de
sang royal.

– Il est précisé que le sang doit être frais et que l'enchantement dure sept jours, poursuit Méli.

– Morbleu ! Tout s'explique, crie Gontran. Furia doit renouveler l'enchantement chaque semaine !

– On lui a déjà échappé, déclare Simon. Nous n'aurons sûrement pas deux fois cette chance.

– Max, impossible de monter à six dessus, il nous faut une autre monture, remarque Gontran.

Constant regarde la tour une dernière fois.

– Je pensais que cette chambre serait mon tombeau, dit-il en soupirant. Merci, les amis, de m'avoir libéré… et de m'avoir rendu la mémoire !

– Ne nous remerciez pas encore, pas tant que Vilfrid est sur le trône ! je lui dis.

– Alors nous devons filer vers le sud, décrète Constant.

14

– Ton oncle connaît un paquet de chansons, glisse Constant.

Nous faisons halte après avoir chevauché des heures durant, mais oncle Potrick, lui, continue de pousser la chansonnette.

Il en est actuellement au dix-septième couplet de *La Ballade du marchand flatulent.*

– Désolée, il adore chanter, et nous sommes son seul public, je chuchote.

Constant me tapote l'épaule.

– Rassure-toi, mon amie, quand tout sera réglé à Sacrebourg…

– Euh… LUI le fera sûrement, je commence en choisissant attentivement mes mots. Mais, personnellement, je préférerais faire… autre chose.

– Tu sais sans doute qu'à Sacrebourg, les filles ne peuvent pas devenir chevaliers.

C'est le roi. Si quelqu'un sait pourquoi, c'est bien lui.

– Et si VOUS ne pouviez pas être roi juste parce que vous êtes un GARÇON ? Est-ce que ÇA, ce serait juste ?!

Constant paraît un peu troublé.

– Je… J'avoue n'avoir jamais songé que les filles puissent…

– Il n'y pas que les FILLES, votre Altesse ! intervient Gontran.

Tout le monde se tait. Même oncle Potrick. Constant paraît perdu dans ses pensées.

– Peut-être que Sacrebourg doit changer davantage que je ne le pensais, déclare-t-il enfin en se relevant. Merci pour votre honnêteté, les amis, vous m'avez ouvert les yeux !

Nous filons dans un bosquet et attendons accroupis dans l'ombre.

– On se cache de quoi ? murmure Méli.

La sorcière du Nord n'a plus l'apparence de la bête poilue que nous avons vue ronfler dans son chalet. Elle virevolte dans le ciel telle une chauve-souris géante.

– Elle vient forcément de faire sa visite hebdomadaire à la tour, murmure Gontran.

– Et de découvrir que le don de mon sang, c'est terminé, ajoute Constant en souriant.

– Elle retourne à Sacrebourg et, avec son balai, elle y sera dans quelques heures, observe Gontran en grimpant sur le dos de Potrick.

Aucun de nous ne sait ce qu'est un train, mais oncle Potrick est déjà lancé. Et nous aussi, parcourant des lieues et des lieues alors que l'air se réchauffe et que le paysage devient plus familier. Finalement, le cinquième jour, nous atteignons la crête d'une colline. Et là, juste en-dessous de nous :

SACREBOURG ! QUELLE MAGNIFI…
ATTENTION !

DÉGAGEZ LA PISTE ! CHAUD DEVANT !

– Excusez-moi de vous dévisager ainsi, jeune homme, bredouille Merlu, mais vous ressemblez beaucoup à quelqu'un que j'ai bien connu jadis.

Constant rayonne.

– Je SUIS ce quelqu'un. Et vous m'avez beaucoup manqué, ces cinq dernières années.

Les retrouvailles sont joyeuses. Merlu ne peut s'empêcher de sourire. Il écoute avec attention Constant lui raconter son calvaire de prisonnier de Furia.

– Ne le prends pas mal, mais on dirait que tu t'es, euh… amélioré ! je lui chuchote.

– Ouaip ! Je me suis enfin dégoté une nouvelle baguette ! dit-il en souriant.

– Beaucoup de choses… Tout d'abord, Furia a utilisé une POTION pour ensorceler les habitants du royaume, raconte-t-il.

– Oui, ça on le sait, mais comment a-t-elle fait ? je demande.

– En contaminant les puits, explique Merlu. Chaque semaine, les soldats de Vilfrid empoisonnent l'eau avec la potion.

– Jusqu'à cette semaine ! précise Méli.

– En effet, acquiesce Merlu. Les effets de la potion se dissipent, et la popularité de Vilfrid dégringole.

– Disparu ? crions-nous tous en chœur.

– Il s'est vite remis sur pied quand vous me l'avez envoyé, poursuit Merlu, mais après avoir repris des forces, il a dit qu'il avait quelque chose à faire, et il s'est évaporé le jour-même.

– Oui, mais ce sera inutile, répond-il.

– Alors nous le ferons à l'ancienne ! rétorque Gontran. Suivez-moi !

Il nous conduit au fond de la vallée par un chemin accidenté menant à une ferme.

– Mon père vient souvent ici pour soigner les chevaux, explique-t-il.

– « Surveillez le ciel », répète Méli. Je me demande ce qu'il a voulu dire.

Pas le temps d'y réfléchir. Oncle Potrick aide Constant à attacher Gripoil au chariot, et nous nous enfouissons sous le tas de patates. Puis nous descendons vers les portes de Sacrebourg par la route cahoteuse.

– Oh-oh, murmure oncle Potrick alors que le chariot marque un arrêt.

Nous avançons à nouveau et, au bout de quelques minutes, j'entends la grosse voix d'un soldat :

– Imbécile ! gronde le soldat. Le roi Vilfrid s'apprête à délivrer un message de la plus haute importance. La présence de tout le monde est obligatoire !

– Ils ne sont pas armés, déclare le second garde après avoir fouillé oncle Potrick et Constant.

Nous passons la porte et sentons le chariot vibrer sur les pavés. Je ne vois rien, mais j'entends les soldats de Vilfrid ordonner aux gens de se rassembler sur la place du marché.

Un son de trompette s'élève au-dessus du brouhaha de foule. Je me tortille dans le tas de patates pour pouvoir jeter un œil à ce qui se passe au-dehors.

Vilfrid apparaît, et je constate immédiatement que le sort de Furia a perdu de son effet : personne n'applaudit. Des gardes sont postés autour de la place, l'épée à la main. La peur et la tension sont palpables.

– Peuple de Sacrebourg ! commence-t-il.

Un murmure parcourt la foule quand Furia sort de l'ombre, sa baguette magique dans sa main osseuse.

Deux soldats costauds fendent la foule en encadrant le prisonnier. J'essaie de mieux voir, mais les Sacrebourgeois rassemblés m'en empêchent.

– Regardez bien ce condamné ! crie Vilfrid. Pas plus tard qu'aujourd'hui, il a été surpris en train de cacher une bande de traîtres dans son écurie !

J'entends un cri étouffé derrière moi. Je me retourne vers mes amis. Nous nous débattons pour nous dégager, car c'est horrible : Norbert s'apprête à être exécuté, et nous sommes coincés sous un tas de patates.

– Je ne peux pas rester les bras croisés pendant que tu conspires contre la couronne, palefrenier. Un roi se doit d'être fort, dit Vilfrid à Norbert.

Mais soudain un individu au visage dissimulé sous une capuche se fraie un chemin sur le devant de la place. Arrivé près de Norbert, il défie Vilfrid du regard.

– Oui, tonne une voix familière, un roi doit être fort…

15

Un silence inquiétant s'abat sur la place du marché, comme si tous les Sacrebourgeois avaient perdu leur voix en même temps… pour la retrouver aussitôt.

Constant fait un signe de la main, et la foule se tait à nouveau. Puis il s'adresse à Vilfrid, dont le visage est livide de rage.

– Tu n'as nul droit d'être roi ni d'ôter la vie de cet homme, assène Constant.

Vilfrid esquisse un sourire carnassier.

– Très bien, mon frère.

– Et c'est grâce à cette potion que tu es ROI !

– Oui, répond Vilfrid d'un ton glacial. Et comme je suis le roi, c'est moi qui décide qui vit et qui meurt !

Je parviens finalement à me libérer du tas de patates et à foncer sur la place vers Norbert et Constant. J'entends les gens hurler quand Furia lève sa baguette. Allez Max, grouille-toi !

Il n'y a qu'une seule solution : je me précipite devant Constant et…

Le rayon magique frappe la dague en un éclair foudroyant et je m'attends à être désarmée. Mais je ne sens presque rien, seulement une sensation de chaleur quand le rayon rebondit sur la lame, droit vers…

Les yeux remplis de rage, il semble au bord de l'explosion. Vilfrid reprend son souffle et me pointe du doigt :

– Misérable morveuse ! Tu as failli assassiner ton roi !

Je connais ce type. Il était dans la salle du trône la nuit où nous avons libéré oncle Potrick du château. Mais, à ce moment-là, il avait une hache, et là c'est une épée qu'il tient, et…

Attendez une seconde… Cette ÉPÉE, ce ne serait pas celle de…

LES APPARENCES SONT PARFOIS TROMPEUSES !
! !
?
GODEFROY !
SALUTATIONS, MAX !
HEUREUX QUE VOUS SOYEZ DE RETOUR, MON ROI !
C'EST PAS DU JEU !

ILS GÂCHENT TOUT !
CALME-TOI, ALTESSE !
CETTE SALE PETITE FOUINE A PEUT-ÊTRE GÂCHÉ MON SORT MORTEL...
MAIS IL Y A D'AUTRES MOYENS DE SE DÉBARRASSER DE CES VERMINES !
TAP!
POUF !
! !
COMME LES MANGER, PAR EXEMPLE !

Furia était déjà effrayante en sorcière, mais que dire maintenant qu'elle est un SERPENT GÉANT ? Tandis que son corps immense glisse sur les pavés, Godefroy brandit son épée et lui fonce dessus.

Furia se dresse, la gueule grande ouverte et prête à attaquer, mais elle n'en a pas le temps… Il y a d'abord un éclair aveuglant puis un faisceau crépitant de lumière dorée, et…

Depuis l'estrade, Vilfrid, horrifié, regarde le serpent tomber en poussière. Pas de tour de magie pour s'en sortir, cette fois. C'en est fini de Furia.

– Misérables vers de terre ! hurle-t-il.

– Saleté de gong, glisse Godefroy entre ses dents serrées. Il va rameuter des soldats.

Des bruits de bottes saccadés nous parviennent et, quelques instants après, des hommes de Vilfrid arrivent sur la place du marché, armés jusqu'aux dents.

– Euh… Comment on fait contre une ARMÉE entière ? je demande.

DES DRAGONS !

IL Y EN A TELLEMENT !
HÉ ! C'EST BOB !
ET REGARDEZ QUI EST SUR SON DOS !

MERLU !!

Nous observons tous avec stupéfaction Merlu et sa bande de dragons fondre sur les toits et sur la place. Les gens sont d'abord terrifiés, jusqu'à ce qu'ils se rendent compte qu'il n'y a rien à craindre.

Car les dragons en ont après les SOLDATS.

Bob se pose juste à côté de nous et nous salue d'un coup de museau. Merlu glisse de son dos avec agilité et atterrit sur le sol.

– Merci, mon vieux, dit-il en caressant les naseaux du dragon.

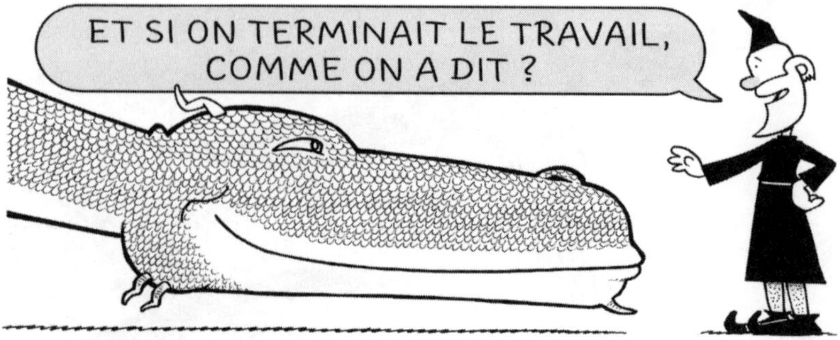

Bob souffle pour acquiescer et lève la tête vers le podium où Vilfrid est perché.

En quelques puissants battements d'ailes, Bob atteint les nuages pour rejoindre la nuée de dragons volant vers le Nord. Impossible de les compter tellement ils sont nombreux.

Chacun porte dans ses griffes des grappes de soldats paniqués. On entend l'écho des cris de Vilfrid, avant qu'ils s'évanouissent au loin. C'est fini.

– Ce serait un honneur, répond Merlu.

– Bien sûr que oui, répond immédiatement Constant. Sans l'intelligence et le courage de Méli, nous aurions échoué !

– À compter de ce jour, tous les enfants de Sacrebourg auront le droit de choisir eux-mêmes leur voie, déclare le roi.

Vous avez vu ça ? Non seulement Simon et moi pourrons être chevaliers, mais en plus on vient d'inventer le « check ». Et sans le faire exprès, en plus !

– Max, si tu vas à l'école des chevaliers, moi, j'arrête le spectacle, intervient oncle Potrick.

– Je vais te nommer troubadour royal ! annonce Constant. Au lieu de voyager par monts et par vaux…

Effectivement, impossible de l'oublier. Croyez-moi, j'ai essayé. Mais je suis si heureuse qu'oncle Potrick reste ici ! Il m'aurait tellement manqué s'il était reparti sur les routes. Il n'est peut-être pas l'oncle parfait…

Vous savez quoi ? J'allais dire qu'oncle Potrick est ma seule famille, mais c'est FAUX !

Gontran me rejoint, tout excité.

– Tu es une HÉROÏNE, Max, exactement comme le prédisait le Livre des prophéties.

– Je ne suis pas une héroïne : la plupart du temps, je n'avais AUCUNE idée de ce que je faisais, j'avoue en rougissant.

– Tu es trop modeste ! Grâce à TOI, un nouveau chapitre de l'histoire de Sacrebourg commence ! s'exclame mon ami.

Je regarde les visages heureux et les gens qui s'embrassent autour de nous. La cloche du palais retentit.

– Je vois ce que tu veux dire, je lui réponds. Quel jour de liesse !

FIN

... ENFIN PRESQUE ! RETROUVE LA SUITE DES AVENTURES DE MAX TRÈS PROCHAINEMENT EN LIBRAIRIE !

Lincoln Peirce est un auteur et un dessinateur à succès. Sa bande dessinée *Big Nate*, mettant en scène les aventures d'un élève de sixième turbulent, paraît dans plus de 400 journaux du monde entier et est également publiée en ligne. En 2010, il entame une série de romans illustrés inspirée de cette bande dessinée, présentant Nate et son groupe de camarades de classe et d'enseignants à une nouvelle génération de jeunes lecteurs. Au cours des sept dernières années, 16 millions de livres *Big Nate* ont été vendus.

Max et les Presque Chevaliers était à l'origine un projet de série télévisée se déroulant au Moyen Âge. Des années plus tard, Lincoln a réécrit l'histoire autour de Max, une apprentie troubadour de dix ans qui rêve de devenir chevalier. C'est ainsi qu'est née cette aventure médiévale pleine d'entrain, soutenue par des centaines d'illustrations dynamiques. À propos du style visuel et vivant qui est devenu sa marque de fabrique, Lincoln déclare : « J'essaie d'écrire le genre de livres que j'aurais adoré lire quand j'étais enfant. »

Quand il n'est pas en train d'écrire ou de dessiner, Lincoln aime jouer au hockey sur glace, faire des mots croisés et animer une émission de radio hebdomadaire consacrée à la musique country. Il vit à Portland dans le Maine, avec sa femme Jessica et leurs deux enfants.

Achevé d'imprimer en août 2023
par Normandie Roto Impression s.a.s., à Lonrai
Dépôt légal : septembre 2023
N° 153780-1 (2302548)

Imprimé en France